# 차라리 고양이를 믿을래

# 차라리 고양이를 믿을래

1판 1쇄 발행 2020년 4월 24일

지 은 이 째올누나
펴 낸 이 신혜경
펴 낸 곳 마음의숲

대 표 권대웅
책임편집 전태영
편 집 전유진 채수희
디 자 인 임정현 박기연
마 케 팅 노근수 허경아

출판등록 2006년 8월 1일(제2006-000159호)
주 소 서울특별시 마포구 와우산로30길 36 마음의숲빌딩(창전동 6-32)
전 화 (02) 322-3164~5 팩스 (02) 322-3166
이 메 일 maumsup@naver.com
인스타그램 instagram.com/maumsup
용지 타라유통(주) 인쇄·제본 (주)에이치이피


ISBN 979-11-6285-058-9 (03810)

* 값은 뒤표지에 있습니다.


* 이 도서의 국립중앙도서관 출판예정도서목록(CIP)은 e-CIP홈페이지(http://www.nl.go.kr/ecip)와 국가자료공동목록시스템(http://www.nl.go.kr/kolisnet)에서 이용하실 수 있습니다.
(CIP제어번호: CIP2020015188)

인간의 구멍난 마음을 채워주는 고양이라는 기적

# 차라리 고양이를 믿을래

째올누나 지음

마음의숲

한 동물을 사랑하기 전까지
우리 영혼의 일부는
잠든 채로 있다.

- 아나톨 프랑스 Anatole France

가끔 절레 형이 그런 말을 한다. "체다랑 올리 없으면 어떻게 살래?" 글쎄. 모르겠다. 머릿속이 새하얘져 대답조차 할 수 없다. 그러니 나에게 체다, 올리의 의미란 그야말로 '심장'과도 같은 것이다.

체다, 올리를 만나고부터 우리 부부는 제2의 인생을 살고 있다. 나밖에 모르던, 오직 일에만 빠진 워커홀릭이었던 나는 체다와 올리를 만나고 아이들의 행복과 즐거움을 위해서라면 그 어떤 일도 마다하지 않는 사람이 되었다. 동물을 그다지 좋아하지 않던 남편 절레 형은 그 누구보다 아이들과 열심히 놀아주고 아이들을 우선시하는 사람이 되었다. 서로 말이 통하지는 않아도 체다, 올리가 보드랍고 따뜻한 몸을 내 몸에 기대올 때, 서로를 바라볼 때, 함께 즐겁게 놀 때 우리는 마음으로 대화를 나눈다.

시끄럽고 어수선한 인간 세상에 발붙이고 살아가면서 인간이라는 존재에 대한 실망과 회의를 느끼는 순간들이 많다. 하지만 집 현관문을 여는 순간 이 두 마리의 고양이들이 야옹거리며 나를 반겨줄 때면 어둑했던 마음이 한순간 환해진다. 고양이란 그런 존재인 것 같다. 그래서 나는 오늘도 이 아이들을 아무 대가나 조건 없이 그저 믿게 되고, 사랑하게 된다.

마지막으로 고양이와 함께 살 준비를 하고 있는 예비 집사들에게 꼭 해주고 싶은 말이 있다. 간곡한 부탁이라고도 할 수 있겠다.

하나, 고양이라고 해서 당연한 것은 없다. 양질의 식사를 제때 제공해주는 것, 장난감으로 놀아주는 것, 수직 공간을 마련해주는 것, 발톱 깎기나 귀 청소 등 정기적으로 케어해주는 것, 아이들의 건강을 위한 정기 검진 등은 정말 기본 중의 기본이라고 생각한다.
둘, 그들의 시간은 인간의 시간에 비해 너무나 빠르게 흘러간다. 그러니 고양이와 함께 하는 순간순간에 충실하자. 말도 걸어주고, 고양이가 좋아한다면 스킨십도 정성껏 해주자. 무엇보다 고양이에 대해 계속 호기심을 가져주는 것이 중요하다. 그러면 새

로운 매력이 자꾸자꾸 생겨난다.
셋, 아기 고양이도 사랑스럽지만, 자기만의 개성과 성격이 형성된 성묘는 더욱 매력적이다. 새로운 친구를 사귀는 것 같은 기분을 느낄 수 있을 것이다.

체다와 올리를 만나고부터 간절히 바라는 일이 생겼다. 우리나라도 독일처럼 안락사 없는 깨끗한 보호소가 생기는 것. 소중한 생명을 펫샵이나 마트에서 쇼핑하듯 사고 파는 일이 사라지는 것. 이러한 문화가 정착되면 사회 구성원들 또한 이 작은 생명에 대한 존중과 소중함을 자연스레 느끼게 될 뿐만 아니라 이들과의 공생을 실천하는 움직임 또한 더욱 활발해질 거라 믿는다.

그런 의미에서 가장 중요한 마지막 부탁.
사지 말고, 입양하세요.

목차

## 냥계도

#째다 #째트리버

노란 금빛 털을 자랑하는 강원도 치악산 고양이. 느긋하고 순둥한 성격이지만 반전의 푸드 파이터. 고구마를 사랑하는 당도 감별사. 우리집은 종종 길고양이들을 임시 보호하기도 하는데, 체다는 이때 오는 친구들을 예뻐하는 올리에게 히스테리를 부리기도 한다. 그렇지만 실은 올리만 예뻐하는 동생 바보 체다. 흙과 모래를 좋아해 매일 화장실 모래에서 뒹굴뒹굴 마사지를 즐긴다.

#올뀨 #마이뀨 #톰뀨루즈

잘생기면 다냐? 응. 다야. 고양이계의 톰 크루즈 올리. 용인 어딘가에서 박스에 버려진 채로 발견되었으나 그 누구보다 밝고 사랑 가득한 올리. 호기심이 많아 집에 낯선 사람이 와도 '너는 누구냥?' 하며 반겨준다. 체다 형아밖에 모르는 껌딱지라 형아만 데리고 나가면 온 동네 떠나가라 울고불고 난리가 난다. 의외로 양치를 잘한다.

우리집을 거쳐간 임보 아가들

# 등장인물

## 나(째올누나)

일밖에 모르는 예민한 '야생 닝겐'이었으나 체다와 올리, 그리고 여러 고양이들을 만나며 순화가 된 케이스. 정신을 차려보니 어느 날 '키 큰 냥덕(혹은 호구)'이 되어 있었다. 고양이들 사이에서 소문이 난 걸까? 고양이들은 이상하게 나를 그렇게 잘 따른다. '캣닢 인간'으로 불리기도 한다.

## 절레 형

절레 형은 나의 배우자이자 체다와 올리의 큰형, 우리집 가장이다. 나보다 6살 많은 오빠가 어쩌다가 절레 형이 되어버렸다. 참고로 절레의 뜻은 '절레절레 짤방'을 검색해보면 단번에 알 수 있다. 결혼한 지는 5년이지만 함께 지낸 시간은 어느새 7년. 어느 날 오빠에게 가끔 절레절레 짤방과 똑같은 표정을 지으며 고개를 젓는 행동을 했고, 그다음부터 오빠의 별명은 '절레 형'이 되어버렸다. 올리에게는 약간 무섭지만 잘 놀아주는 형, 체다에게는 누나에게 서운했던 이야기를 들어주는 속 깊은 형으로 인식되고 있는 것 같다.

## 오즈 이모

오즈 이모는 보호소에서 구조한 젖먹이 오즈를 입양한 분으로, 나에겐 늘 든든한 친언니 같은 사람이다. 뭐든 털어놓을 수 있는 사람인 언니는 나를 늘 다독여주고 응원해준다. 항상 고맙고 고마운 존재.

인생에 고양이를 더하면
그 힘은 무한대가 된다.
**- 라이너 마리아 릴케**

외로운 심정은 털과 털,
피부와 피부, 또는 털과 피부가
맞닿음으로써 위로된다.
**- 폴 갈리코**

한 마리의 고양이는
또 하나를 데려오고 싶게 만든다.
**- 어니스트 헤밍웨이**

인간에게 필요한 것들 중 하나는
당신이 밤에 집으로 돌아오지 않을 때
당신이 어디 있는지를
알고 싶어하는 그 누군가이다.
- 마거릿 미드

제 남편이 자기와 고양이 중
하나를 선택하라고 하더군요.
그 사람이 가끔씩 보고 싶네요.
- 무명

# 냥덕이 되어가는 과정

고양이를 키워봐야겠다는 생각을 한 번도 해본 적 없다.
오히려 고양이보다는 강아지를 더 좋아하는 편이었다.
특히나 대형견을 좋아했고, 나중에 마당 있는 집에 살게 되면
꼭 골든 리트리버를 키우겠다는 야무진 꿈도 꾸었다.

그런 내가 고양이와, 그것도 두 마리와 함께 살고 있다니!
아직도 매일 아침마다 신기하다.

우리 부부는 비염도 심한 편이고
결레 형은 옷에 먼지 등이 묻는 걸 좋아하지 않지만
체다, 올리와 지내고부터는 달라졌다.
지금은 외출할 때 옷에 털이 묻은 게 보이면
"앗! 체다, 올리랑 같이 나왔네" 하며 웃어넘긴다.

우리는 한 번도 체다와 올리의 털을 밀어주고 싶다는
생각을 해본 적이 없다. 그 '털 뿜뿜'조차도 귀엽고 소중할 뿐!

아이들과 살면서 조심해야 할 것들,
혹은 포기해야 할 것들이 많이 생겼다.
여행도 자주 못 가고 장시간 외출도 못 한다.
그런데 신기하게도 이런 점들이 불편하다고 느낀 적은 없다.

1년에 한 번씩은 여행을 다녀오는데,
그럴 때마다 오히려 나에게 분리불안증이 생겨
체다와 올리 얼굴이 어른어른거리는 게 아닌가!
다행히 우리에게는 체다, 올리를 맡아주는
든든한 오즈 이모가 있기에
안심하고 계속 여행에 집중할 수 있지만 말이다.

그렇게 어딘가를 한번 다녀오고 나면 아이들은 한동안
우리 몸에 찰싹 붙어 껌딱지로 빙의해버린다.
그러면 체다, 올리를 품에 안고
여행 다녀온 이야기를 신나게 들려준다!

어느 날, 절레 형과 시장에 갔는데 문득 절레 형이 말했다.
“체다, 올리랑 손잡고 같이 다니고 싶다.”
처음엔 그 말을 그냥 웃어넘겼지만
점점 그 모습을 상상하게 됐다.

마치 만화의 한 장면처럼
체다와 올리가 우리랑 손잡고 두 발로 걷고,
자연스레 이야기도 나누고,
이런저런 곳을 신나게 누비다가 맛있는 것도 사먹고….
정말 그럴 수 있으면 얼마나 좋을까?

체다야, 올리야.
다음 생에는 사람으로 태어나서
형아랑 누나 아들 해주라. 알았지?

## 집사의 삶이란

체다와 올리를 보고
'나도 고양이를 키우고 싶다'라고 하시는 분들이 종종 있다.

하지만 나는 그런 말을 들으면
좋은 이야기보단 안 좋은 이야기부터 해버리는 버릇이 있다.
일단 털이 많이 빠지고, 가구도 망가지고,
아프면 돈도 많이 들어간다고 말한다.

그런데 가만 생각해보면
이건 한 생명과 살아가는 데 있어
보호자가 감당해야 할 당연한 몫인 거다.
살다보면 안 아플 수는 없으니
아프면 치료해줘야 하고, 놀아줘야 하고,
깔끔한 상태를 유지할 수 있도록 케어도 해줘야 한다.
그저 밥 주고 화장실 청소만 해주는 것에서 끝나는 일이 아니다.

이건 고양이와 살다 보면 자연스럽게 알게 되는 것들이고,
갈수록 관심 분야가 점점 늘어나기 시작한다.
내 경우 식이에 대한 고민이 많았다.
조금이라도 더 좋은 사료, 좋은 캔을 먹이고 싶어
사료와 캔에 들어 있는 성분을 따로 공부한 적도 있었다.
올리가 알레르기 반응이 생긴 이후로는
더 열심히 공부할 수밖에 없었다.

보통 수입되는 캔을 먹이는데, 궁금한 점이 생기면
해외 본사 사이트에 적힌 메일 주소로 직접 문의하기도 했다.
번역기의 도움을 받아 쓴 글이라 완벽한 문장이 아니었음에도
친절하게 답변을 해주셔서 정말 감사했고,
실제로 올리에게 도움이 많이 되었다.

그리고 또 하나의 고민거리는 바로 모래.
그간 먼지 없는 모래를 꾸준히 찾았다.

후기도 열심히 보고 어떤 모래는 써보기도 했는데,
몇 년간 정착했던 그 모래의 가격이 너무 많이 오른 거다.
심지어 먼지가 아예 없지도 않았다.
지금은 그나마 먼지가 가장 적은 모래를 쓰고 있다.
시간이 지나도 같은 수준의 품질이
꾸준히 유지되는 제품을 찾기가 은근히 힘들다.
가끔 모래가 바싹 굳지 않고
진득진득하니 떡이 질 때는 얼마나 속상한지!
이건 고양이와 지내본 사람이 아니고는 공감할 수 없을 거다.

나는 체다와 올리에게 돈을 쓰는 건 하나도 아깝지 않은데
나에게 쓰는 돈은 그렇게 아깝다.
청바지를 사러 갔다가 문득
'이 가격이면 체다랑 올리 캔이 몇 개지?'
셈해보고는 다시 돌아온 적도 있다.
그게 아쉽지도 슬프지도 않았다.

심지어 내가 열심히 골라서 사준 걸 잘 써주는 모습을 보면
'이게 바로 돈 쓰는 맛이구나!' 하며 내가 더 신이 난다.
이 친구들에게 필요한 것들을 먼저 챙겨주고
그 이후에 나를 챙겨야 마음이 편안한 걸 보니
나는 천상 '캔따개'의 운명을 타고난 사람임이 분명하다.
독일에서는 집사를 도센외프너Dosenöffner,
즉 '캔따개'라는 속어로 부른다고 한다.

일명 '캔따개' 라고 불리는 집사의 삶.
집사들끼리 이야기를 나누다보면 공감 가는 일이 너무나 많다!
늦잠 한번 늘어지게 못 자는 것은 물론,
내 물건보다 고양이 물건을 사는 데 열 올리는 것까지
나와 어찌나 비슷한지.
우리는 어쩔 수 없는 '캔따개'의 운명을 타고난 자들인가 보다.

## 치악산 고양이 체다와의 운명적 만남

2015년 7월, 시댁 식구들과 여름 휴가로 치악산을 갔다.
시아버지가 아침 산책을 나갔다 다시 들어오시며
저기 고양이가 있다고 하셨다.
나는 호기심에 벌떡 일어나 시아버지를 따라갔다.

그렇게 얼마간을 걷다가 주변을 둘러보는데,
절벽 위에서 노란색 고양이가
우리를 지긋이 내려다보고 있는 게 아닌가.
아니, 무슨 치악산 산신령도 아니고
절벽 위에 늠름히 서 있는 고양이라니…!

나와 함께 고양이를 보던 작은 아가씨가
"앗, 치즈네!"라고 외쳤고
나는 그때 노란색 털을 지닌 고양이를
'치즈'라고 부른다는 사실을 처음 알았다.

꽁치 좀 먹어보라고 줬는데 먹지 않길래
다시 산책길로 걸어가려는데,
이 노란 고양이가 갑자기 우리의 앞길을 막아서더니
발라당 누워 배를 보이며 뒹굴뒹굴거리는 게 아닌가!
작은 아가씨가 고양이를 살포시 안아올렸다.
너무나 얌전했다.
잠시 숙소로 데려와 쉬게 해줬는데
물만 벌컥벌컥 마시더니 이불 위에 폴짝 올라가 잠을 청한다.
조심스럽게 다가가 잠든 고양이를 슬쩍 만져보았다.
그렇게 나는 고양이를 처음 만져보게 되었다.
생각과 달리 미동도 않고 아주 얌전하게 있는 모습이
그저 신기했고 사랑스러웠다.

그러다 떠날 시간이 다가왔고,
고양이를 안아 1층에 내려다주었다.
다시 계단으로 올라가려는데

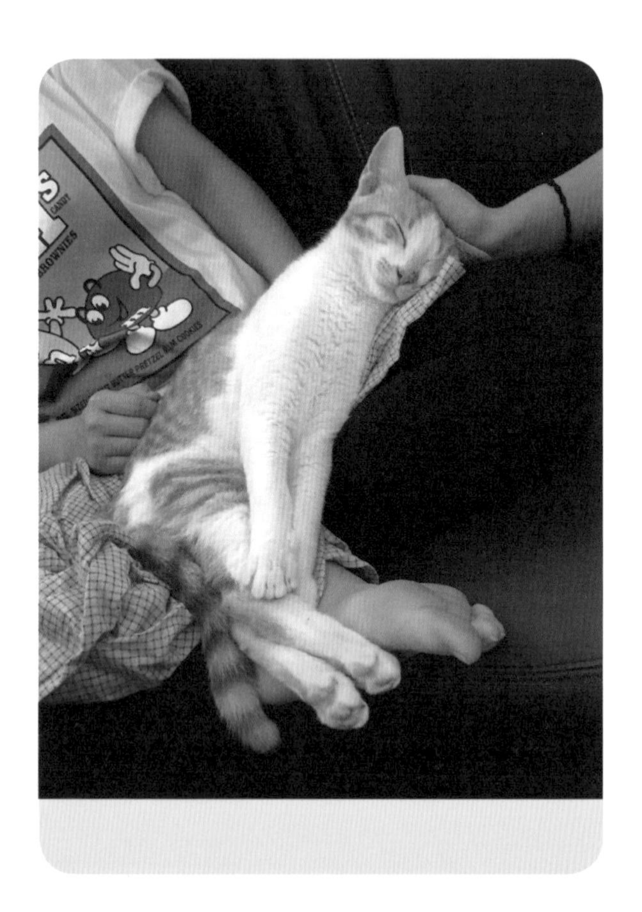
CANDY
BROWNIES

고양이가 우리를 따라 계단을 뛰어 올라오는 거다!
순간 너무 놀랍고 당황스러웠다.
때마침 또 비는 억수같이 쏟아지고…
그런데 시아버지께서는 애초부터 키울 생각이 있으셨던 건지,
고양이를 댁으로 데려가신다고 했다.
그렇게 치악산에서 살던 이 고양이는 우리와 함께 그곳을 떠났다.

그나저나 이 대범한 고양이,
시댁에 들어서자 마치 제집인 것처럼
침대 위에 떡하니 올라가 또 잠을 청한다.
편안히 잘 자길래 거실로 나오려는데
갑자기 눈을 번쩍 뜨더니 나를 한참이나 바라보는 게 아닌가!

그렇게 고양이의 눈빛을 마주한 순간,
나는 무언가에 홀리기라도 한 듯이
갑자기 이 친구와 함께 살고 싶다는 강한 의지가 샘솟았다.

지금 생각해보면, 그때 나는 체다에게 선택받았던 것 같다.
동물을 좋아하지 않았던 절레 형은 절대 안 된다고 반대했지만
결국 나의 끈질기고도 집요한 설득으로 찬성하게 됐고,
나의 마음을 단번에 사로잡은 이 고양이는
결국 우리집으로 오게 되었다.

노란색 털을 지닌 이 고양이의 이름을
치즈로 할까, 체다로 할까 고민하다
'체다'라는 이름을 붙여주었다.
집으로 돌아오는 차에서도 내내 여유롭게 자고 있던
체다의 느긋한 모습이 아직도 어제 일 같이 생생하다.

## 너여야만 해, 올리브!

체다와 지내면서 한 가지 걱정거리가 생겼다.
체다가 혼자 있는 시간이 너무나 길다는 것.
회사에 다녀오면 저녁 7시를 훌쩍 넘기는 건 물론이고,
체다와 하루를 보낼 수 있는 시간이 너무나도 짧았다.
'체다 혼자 너무 외롭지 않을까?' 하는 걱정이
점점 늘어가기 시작했다.

어느 날 집사라면 무조건 가입한다는
고양이 관련 인터넷 카페를 뒤적거리고 있는데,
문득 '반半 고등어' 아기 고양이가 눈에 띄었다.
고등어란 회갈색 털에 검정 줄무늬를 지닌 고양이를 말하는데,
이 고양이는 딱 절반만 고등어였다.
구조한 분의 글에 따르면 이 고양이는 치즈 고양이 여동생과 함께
용인 어딘가에서 빈 박스에 버려진 상태였는데
사람을 무서워하지도 않고 아주 깨끗했다고 한다.
사람 손에 버려진 아이들이 분명했다.

그런데 그때, 나는 무슨 생각이었는지
입양 계약서를 작성하지도 않은 채
핸드폰을 들고 올리를 구조한 분께 무작정 전화부터 드렸다.
그다음에는 카톡으로, 다시 전화로…
한참 이야기를 나눴던 것 같다.
그분은 나의 어떤 모습이 마음에 드셨던 건지
바로 올리의 입양을 허락해주셨다.
금요일 어느 늦은 밤,
올리를 일요일에 입양하는 것으로 이야기를 마쳤다!

절레 형은 이 상황을 예상이라도 했던 걸까?
그는 늘 자신과 함께 살 고양이가
'반 고등어 아이'여야 한다는 확고한 의지가 있었다.
나는 그때마다 '왜 하필 반 고등어지?' 하고 의아해했지만
신기하게도 결국 귀가 크고 코가 까만
'반 고등어 아이'를 입양하게 되었다.

드디어 일요일, 이 반 고등어 아이를 '모시러' 갔다.
소파 위 담요 속에 야무지게 자리를 잡고
나를 바라보던 올리의 첫 모습이 생각난다.
올리의 이름은 '올리브'의 올리.
올리의 까맣고 작은 코를 보니 까만 올리브가 생각난다며
절레 형이 바로 떠올린 이름이다.
지금 생각해봐도 정말 잘 지었다는 생각이 든다.

우리가 고양이 이름을 지을 때 반드시 지키는 규칙이 하나 있다.
그건 바로 음식 이름이어야 한다는 것.
고양이 이름은 음식 이름으로 지어야 장수한다는
고양이계의 전설(?) 같은 게 존재하기 때문이다.

훗날 고양이를 임보임시 보호의 준말. 고양이를 포함해 위험에 처한 동물을 구조하고 입양자가 나타나기 전까지 임시로 보호하는 일을 말한다하는 일을 할 때
회색과 베이지색이 섞인 예쁜 소녀 같은 고양이가

우리집에 온 적이 있다.
그래서 우리는 그 아이에게 이탈리아어로 후추라는 뜻을 가진
'페페'라는 이름을 붙여주었다.
'뽀모'라는 아이는 온몸이 하얀색인 고양이였지만
왠지 토마토가 떠올라 그렇게 지어주게 되었다.
'오즈'라는 아이는 이마 무늬가 독특한 턱시도 고양이였는데
이름 지어주기가 가장 어려운 친구였다.
그러던 어느 날 '오레오 오즈' 광고를 보고
바로 이거다! 싶어 지어주게 되었다.

임보했던 아이들이 좋은 보호자를 만나 입양을 가고 나서도
우리가 지어준 이름을 그대로 쓰는 경우가 있다.
그럴 때면 너무나 감사한 마음이 든다.

이름을 지어준다는 건 참 의미 깊은 일이다.
어떤 것에 이름을 붙이고 난 뒤부터는

뭐랄까, 그 존재가 한층 특별해지는 기분이 든다.
그래서 더 신중하게 좋은 이름을 지어주고 싶다.
오래오래 행복하고 평온한 묘생을 보내길
바라는 마음에서 말이다.
올리브처럼 작고 까만 코를 가진 아이, 올리.
아기 때 사진을 보니 그렇게나 작았던 아이가
이렇게나 늠름하고 멋지게 커주었구나 싶어
저절로 엄마 미소가 지어진다. 흐흐.

## 아기 고양이는 처음이라

올리를 데려온 뒤, 아기 고양이를 돌보는 일이 처음이었던 나는
모든 면에서 서툴렀다.
지금 생각해보면 올리의 어린 시절을 충분히 함께
보내주지 못했다는 게 가장 아쉽다.
내가 회사에 있는 동안은 체다가 올리를 돌봐줬다.
거의 육아를 했다고 봐도 될 정도로
체다는 올리를 알뜰살뜰 지극하게 돌보고 지켜주었다.

아기 올리는 체다의 그루밍이 거칠었는지
처음엔 앙탈을 엄청 부려댔다.
그 모습을 보니 너무 사랑스럽고 귀여우면서도
내가 어렸을 때 생각도 났다.
나보다 힘이 센 엄마가 때밀이로 날 밀면
그렇게 아팠는데…
올리의 마음이 조금 이해되기도! 하핫.

퇴근하고 가면 거의 밤 7시를 훌쩍 넘긴 시간이었는데
한창 에너지가 넘치는 올리를 돌보느라 지친 체다는
이미 얼굴이 피곤함으로 찌들어 있었다.

그래도 체다는 싫은 내색 한번 없이 의젓한 모습을 보여주었다.
체다도 당시 아직 10~12개월밖에 되지 않은 아이였기에
나에게 응석도 부리고 싶고, 애정을 더 원할 수도 있을 텐데 싶어
한편으로 마음 한구석이 찡해지기도, 또 기특하기도 했다.

아기 고양이의 시절은 참 빠르게 흘러간다.
자그마한 아기의 모습은 누가 봐도 참 귀엽고 예쁘다.
하지만 어떤 아기든 성장이라는 과정을 거친다.
그러면서 몸집도 커지고 목소리도 달라진다.
어떤 사람들은 새끼 때의 귀여움이 사라졌다며
그 모습이 싫다고 길에 버리기도 한다.
그래도 그간 몸을 맞대며 온기와 정을 나눈 시간이 있는데

어떻게 한순간에 그런 선택을 할 수 있을까.
아무리 커봤자 인간의 덩치에 비해서는
턱없이 작고 약한 고양이일 뿐이다.

여튼 체다는 남자아이였지만 본능적으로 새끼 고양이를
돌봐야 한다는 걸 알았던 건지, 올리를 의젓하게 지켜주었다.
올리가 다 큰 지금도 체다는 항상 올리를 챙기고 아껴준다.
그래서인지 유독 둘의 사이는 끈끈하다.

올리를 잘 키워준 체다에게 고맙다는 인사 한번 제대로 못했는데
오늘은 꼭 말해줘야겠다.
"의젓한 우리 체다, 올리를 정성껏 돌봐줘서 정말 고마워!"

## 접대냥 VS 의리냥

올리는 낯선 사람을 무서워하지 않는다.
택배 기사님이 와도 문 앞에 당당하게 앉아 있다.
“너는 누구냐”라는 눈빛을 쏘면서 말이다.

집에 손님이 방문해도 주저 없이 옆으로 와서 냄새를 맡고,
올리 마음에 쏙 들면 손님 다리 옆에 금세 엉덩이를 붙이고
식빵을 노릇노릇 구워댄다!
그렇게 우리집에 오는 손님들은
올리의 매력에 홀딱 반해서 돌아간다.

반면 체다는 올리와는 좀 다르다.
체다는 반드시 나와 일행이
함께 현관문을 열고 들어와야만 반겨주는데,
다리에 스윽, 하고 얼굴을 비비거나
꼬리로 다리를 감싸면서 호감 표시를 한다.
팔꿈치에 박치기를 하기도 하는데

생각보다 박치기의 힘이 엄청나서 휘청거릴 수도 있다.
사진으로는 올리를 더 좋아했던 분들도
막상 체다를 실제로 만나면 체다의 팬이 되어버린다.

일행이 나랑 함께 들어오지 않는 경우에는 안방으로 숨거나
숨어 있다가 1~2시간 뒤에 조금씩, 조심스럽게 나오는 편이다.
참 신기하다. 나랑 함께 들어왔으니 내 친구인줄 아는 걸까?
아니면 나와 같이 들어왔으니까
믿어도 되는 안전한 사람이라 생각하는 걸까.
몇 번이나 시도를 해봤지만 체다의 반응은 한결같았다.

또 하나의 특이한 사실은
체다는 어른은 무서워하지 않고
오히려 어린아이를 무서워한다는 거다.
산에 있던 시절에 좋지 않은 경험을 했던 걸까?
첫 등장처럼 신비로운 구석이 많은 녀석이다.

# 그냥 '고양이'인데요

가끔 체다, 올리의 '품종'을 물어보시는 분들이 있다.
난 이런 종류의 질문을 받는 것을 좋아하지 않는다.
고양이는 그냥 '고양이'일 뿐
그 이상도 이하도 아니기 때문이다.

하지만 한편으로는 체다 올리를 통해
길냥이, 혹은 코숏코리안 숏헤어의 준말에 대해
생각이 바뀐 분들이 더 많은 것 같아 뿌듯한 마음도 든다.

코숏은 정말 매력적인 친구들이다.
셀 수 없이 다양한 무늬와 털 색깔,
그만큼이나 개성적인 성격과 매력 포인트들…!

체다는 치즈고 올리는 고등어인데,
내가 본 치즈들은 대부분 다 순둥이였고
고등어들은 집념이 강한 편이었다.

그러나 이것도 나의 생각일 뿐,
고양이들의 성격은 모두 다 다르다.

그러므로 고양이들을 돌보는 데 정답은 없다는 것,
그래서 더 키우는 재미가 짜릿하다는 것,
그러니 품종을 우선적으로 따지지는 말자는 이야기!

# 삐돌이 체다 I

체다는 삐돌이다.
혈액형은 잘 모르지만 분명 A형,
그것도 '트리플 A형'일 거다!

한 살 한 살 먹을수록 더 잘 삐지는 것 같아
A가 세 개로 늘어났다.
체다는 일단 한번 삐지면 불러도 대답하지 않는다.
간식 먹자고 하면 올리는 부리나케 뛰어와
꼬리를 부르르거리며 신나하지만
체다는 그저 멀찍이 떨어져 바라만 본다.
꼬리를 탁탁거리며 본인의 심기가 불편하다는 점도
잊지 않고 확실히 티를 내준다.

그럴 때 보통은 내가 먼저 다가가
체다 입안에 간식을 쏙 넣어주면 금세 풀리곤 한다.
특이한 점은, 삐진 날엔 절레 형에게 다가가

야옹야옹 운다는 거다.
뭔가 나에게 서운했던 걸 다 일러바치는 것처럼!
올리에게 서운한 게 있으면 평소에는 꾹 눌러 참다가
그게 폭발하는 날 몰아서 화풀이를 한다.
역시 삐돌이 체다답다.

그리고 올리와의 레슬링 놀이에서 힘을 과하게 쓸 때가 있는데
이런 경우 올리가 "깩깩!" 하고 소리를 지른다.
웬만하면 고양이들의 세계에서 일어나는 일은
그들끼리 해결하겠거니 상관하지 않는 편이지만
덩치나 몸무게나 체다가 훨씬 유리하기 때문에
올리가 밀릴 수밖에 없다.
그래서 체다가 힘 조절을 못하고 좀 과하다 싶은 날엔
평소보다 조금 낮은 목소리로 "체다" 하고 부르면
체다는 그 말을 알아듣는 건지 금세 놀이(?)를 그만둔다.
올리에 대한 과잉보호일까?

그렇지만 올리는 보통의 코숏 수컷 고양이들에 비해
체구도 작고 몸무게도 적게 나가는 편이라
어쩔 수 없이 맘이 더 쓰이는 건 사실이다.
그게 체다 눈엔 그리 마음에 들지 않더라도 말이다.

이런 상황을 아는지 모르는지
어쨌든 올리는 체다 형아가 최고다.
어느 날은 체다가 올리에게 삐진 상태였는데,
그 맘도 모르는 올리는 체다랑 그저 같이 자고 싶어
체다 방석으로 올라가 몸을 기댔다.
체다가 싫다고 올리를 뒷발로 밀어내는데
나는 그게 또 눈에 밟혀
“체다, 왜 그래. 올리가 같이 있고 싶대” 하고
부드럽게 다독이듯 말한 적도 있다.

그렇지만 체다도 혼자 있고 싶은 날이 있을 거다.

늘 동생을 돌봐주고, 양보해왔던

속 깊은 체다니까 말이다.

그치 체다?

# 삐돌이 체다 Ⅱ

서열이 바뀌지 않게 늘 체다 먼저 챙겨주는 편이지만
첫째에겐 막내만 예뻐하는 것 같은 서운함이 늘 존재하나 보다.

올리랑 놀 때 어떤 날은 유난히 군기를 잡는 것처럼 굴 때가 있다.
그럴 때 체다를 토닥이는 나만의 방식은
체다 먼저 쓰담쓰담해주고
그다음에 올리를 우쭈쭈해주는 것이다.
마무리로는 모두의 평화를 위한 간식 타임!

체다의 또 다른 질투가 시작될 때는 임보 친구들이 올 때다.
이때 체다는 임보 친구들이 아닌
올리에게 화풀이를 하는 버릇이 있다.
괜히 이유 없이 올리한테 하악질을 하고 꿀밤을 때린다.
이건 확실하게 체다를 혼낸다.

유독 이때는 올리를 덜 예뻐해주는 체다.

평소처럼 꼬옥 끌어안고 그루밍도 잘 안 해주고
임보 친구가 가고 나서 며칠은 지나야
다시 사이좋은 체다, 올리가 된다.
물론 속으로 꾹꾹 참는 것보다는
표현하는 게 좋기는 하지만…
그치만 체다! 서운하다고 올리한테 너무 화내지는 마~

## 요물이 아니라 사랑입니다

앞서 말했지만, 내가 고양이를 가까이 보고 만져본 건
체다가 처음이었다.
체다와 함께 있으면서 내가 알던 고양이가
이런 동물이었나 싶어 혼란스러웠다.
내가 고양이에 대해 알고 있던 것들은 분명
모두 까칠하고 도도하다는 내용뿐이었단 말이다!
그런데 멍멍이보다 더 멍멍이 같은 고양이라니…!

체다가 우리집에 처음 왔던 날,
화장실 모래 위에 딱 한 번 올려줬는데
체다는 귀신같이 자기 화장실을 알아보고 바로 사용했다.
그 모습에 "앤 천재인가봐!"를 연신 외쳐댔다.

퇴근을 하고 돌아오면 체다는 어김없이 나를 반겨줬다.
여기서 또 하나의 반전.

고양이들은 주인이 없을 때
집을 마구 어질러놓는다는 글을 본 적이 있는데,
체다는 집 안의 그 어떤 물건도 건드리지 않았다.
산신령 고양이는 어디가 달라도 다른가 보다!

체다라는 고양이와 함께 산다고 엄마에게 소식을 전한 날,
엄마는 나에게 잔소리를 해댔다.
아이나 낳아 키우지 무슨 고양이냐, 고양이는 요물이다 등등….
흔히 어른들이 알고 있는 고양이에 대한 편견 어린 반응이었다.

사실 어른들 세대에서는
고양이가 그렇게 달가운 동물은 아니었을 것이다.
몰래 와서 음식을 훔쳐먹고,
개와는 달리 사람에게 친밀하게 구는 동물도 아니었으니.
어른들은 고양이를 '요물'이라고 많이들 부르신다.
나도 어렸을 때 많이 들었던 이야기고,

'도둑 고양이'에 대한 안 좋은 이야기만 들어와서
정말 그런 줄 알았다.
그래서 그런지 밤에 빛나는 눈,
뱀처럼 얇은 칼눈이 그렇게 무서워 보였더랬다.

그러던 어느 날 엄마는 우리집에 와서
체다에게 아주 홀딱 반한 채 돌아가셨다.
체다가 그리 엄청난 애교를 부린 것도 아니었다.
그저 엄마에게 먼저 다가와서 얌전한 모습으로
엄마의 손길을 느긋하게 즐겼을 뿐.
이후 아이나 낳아 키우라던 엄마는 저멀리 사라지고
눈 속에 하트가 가득 들어찬 엄마가 앉아 있었다.
최근에 여쭤보니 엄마도 고양이를 그렇게 가까이서는
처음 보는 거였다고.
왠지는 모르겠지만 그냥 체다를 보자마자 좋아졌다며,
가슴에 확 다가오는 무언가가 느껴졌다고 하셨다.

그렇게 체다에게 흠뻑 빠진 엄마는 집에 돌아가서도
한동안 매일 체다 사진을 보내달라고 하셨다.
그래, 이게 바로 고양이의 매력이고 마력이지!

엄마에 이어 외할머니가 집에 처음 오신 날,
늘 그렇듯 체다와 올리가 마중나와 외할머니를 반겨드렸다.
처음에는 어색하다며 저리 가라는 손짓을 하셨지만
올리의 애교에 할머니도 그만 고양이의 매력에 빠져들고 말았다.
올리는 낯선 사람도 워낙 친근하게 반겨주다 보니
그날따라 애교 부리는 모습이 어찌나 기특하던지.
외할머니는 올리의 등을 쓰윽 쓰다듬으시고는 미소 지으셨다.
그 와중에도 체다는 할머니가 드시는 과자가 맛보고 싶었는지
할머니 곁에서 작은 목소리로 야옹거렸다.

외할머니도 당신의 어머니나 그 세대의 어른들에 의해
고양이에 대한 안 좋은 인식이 새겨졌을 거란 생각이 든다.

어린 시절의 나처럼 말이다.
나중에 엄마를 통해 들은 이야기지만
외할머니는 집에 돌아가신 뒤에도
올리가 다리에 비비적대는 느낌이
자꾸 생각난다는 말을 하셨다고 한다.
발 근처에 있던 올리의 온기가
외할머니의 머릿속에 남아있었나 보다.
이 이야길 들으니 고양이가 요물이 맞구나! 싶었다.

앗, 아니지.
고양이는 요물이 아니다.
사랑이다.

# 속 깊은 고양이

체다는 올리를 정말 예뻐하지만, 가끔은 혼자 있고 싶어 한다.
올리가 아기 고양이였던 시절, 새로 산 스크래처를
올리가 못 올라가는 곳에 올려주었는데
한동안은 체다가 거기에만 앉아 있는 걸 본 뒤에야 알았다.
체다도 혼자 휴식을 취할 공간이 필요하다는 걸.

곰곰이 생각해보면 나도 동생이 생겼을 적에
내 물건을 같이 쓰는 게 너무 싫었다.
나에 대한 애정이 절반으로 줄은 느낌이랄까?
엄마가 동생을 더 예뻐하는 것 같은 느낌도 들고 말이다.
아마 체다도 그런 감정을 느끼지 않았을까?
하지만 체다는 불평불만을 하는 친구가 아니다.
항상 무덤덤하게 받아들여주거나
속으로 꾹꾹 삼키는 편이다.
올리를 데려오기 전, 체다 혼자 있는 모습이 외로워 보여
체다에게 "동생 생기는 거 어때?"라고 물어본 적도 있지만

답변은 듣지 못했다.
올리가 아기일 때 장난감으로 놀아주면
체다는 멀리서 멀뚱히 지켜만 봤다.
그때는 몰랐다.
속 깊은 우리 체다가 양보하고 있다는 걸.

하루는 체다와 단둘이 방에 있을 때
장난감으로 놀아주었는데,
갑자기 그동안 참아왔던 욕구를
한풀이라도 하듯 너무나 신나게 노는 거다.
그 모습을 보고 나는 체다를 꽉 끌어안았다.
'그래, 너도 아직 내 사랑을 듬뿍 받고 싶은 아이일 뿐인데…'

가끔은 '체다니까 이해해주겠지'라는 생각을 할 때도 있다.
올리는 아기 때부터 봐서인지
먼저 챙겨주게 되는 건 대부분 올리였다.

고쳐야 한다고 생각하는데, 좀처럼 쉽지 않다.
올리는 항상 표현을 하는 친구고,
체다는 자기 맘을 먼저 알아주길 원하는 아이다.
그걸 알기에 내가 늘 먼저 다가가 쓰다듬어주려고 노력한다.
그러면 체다도 안심할 테니.

섬세한 성격을 가진 체다.
나에게는 너무나도 든든한 내 첫 고양이.
너에게 늘 이해만 바라서 미안해.

## 든든한 장남, 응석받이 막내

체다, 올리가 간식을 먹을 때 동시에 달려들지 않고
차례로 순서를 지켜 먹는 모습에 많이들 신기해하신다.
나는 전혀 인식하지 못했던 부분인데
SNS 댓글을 통해 알게 되었다.

밥을 줄 때는 무조건 체다 밥부터 챙겨준다.
올리도 체다 밥을 탐내거나 달려들지 않는다.
이유는 나도 잘 모르겠다. 둘만의 뭔가가 있는 걸까?
이러한 룰은 올리가 아기였을 때부터 스스로 잘 지켜주었다.
나 또한 올리에게 꾸준히 설명해줬다.
"올리야, 체다 형아가 형이니까 먼저 주는 거야."

그러다 올리만 해야 하는 일이 생겨서
올리 먼저 간식을 줄 때가 있다.
신기하게도 그럴 때마다 체다는 잘 기다렸다가
올리의 볼일이 끝나면 그제야 다가와 간식을 먹는다.

그때마다 체다는 모든 걸 다 알고 있는 것 같다는 생각을 한다.
분명 내 말도 다 알아듣고 있는 거라고….
그렇게 생각해서인지 체다는 항상 장남처럼 든든하고,
올리는 언제나 응석받이 막내 같다.

간혹 체다와 올리의 나이차가 많이 나는 걸로
알고 있는 분들도 있지만
이 둘은 8개월 정도 차이밖에 나지 않는다는 거.
거의 동갑내기나 마찬가지인 아이들이
서로 형아와 동생 역할을 착실히 분배(?)하며 지내는 모습이
얼마나 사랑스럽고 귀여운지!

## 골골송

체다의 골골송을 처음 들었을 때
'이게 대체 무슨 소리지?' 싶었다.
핸드폰 진동 소리인 건가, 어디가 아픈 건가 했다.

고양이의 골골송은 대체 어디서 나오는 걸까?
골골송은 전문 용어로 퍼링Purring이라고 하는데,
어디서 어떻게 나는 소리인 건지는
아직 명확히 밝혀진 바 없다고 한다.

체다의 골골송을 들을 수 있는 방법은 아주 간단하다.
보통 고양이들은 배 만지는 걸 극도로 싫어한다는데,
체다는 배 만져주는 걸 정말 좋아한다.
조물조물 마사지를 해주면 내 손에 다리를 착 걸친 자세로
금세 푸릉푸릉, 골골골 소리를 낸다.

두 번째는 숨소리를 들려주는 것.
체다는 내 숨소리를 좋아한다.
그래서 체다 얼굴에 대고 코로 크게 숨을 계속 쉬어주면
또 골골골~ 노래를 시작한다.
볼 때마다 신기하기 그지없다.

반면 올리는 그냥 자기가 기분 좋을 때 골골송을 들려준다.
그나마 제일 확실한 방법은 간식통을 들고 있는 것이다.
그러면 빛의 속도로 뛰어와 골골골~ 하며
시키지도 않은 노래를 열창한다. 하하.
간혹 아침에 눈을 뜨면 올리가 내 얼굴 옆에 있을 때가 있는데,
그럴 때는 또 내가 일어났다고 좋아한다.
도통 종잡을 수 없는 올리다.
하지만 소리는 체다보다 올리가 더 크다.
거의 모터 소리 수준이다.

아마 골골송을 처음 듣는 사람은
이 소리가 이상하게 느껴질 수도 있다.
코를 고는 소리 같기도 하고,
콧물이 푸르릉대며
콧구멍을 드나드는 소리 같기도 하니 말이다.
하지만 나는 아이들의 골골송을 들으면 마음이 너무나 편해진다.
녹음해서 언제 어디서든 매일 듣고 싶을 정도로.

## 산에서 내려온 사랑둥이

아기 고양이도 정말 예쁘지만
난 이미 성격과 개성이 형성된 성묘가 참 좋다.
뭔가 새 친구를 사귀는 기분이다.
가끔 체다의 아기 시절, 그러니까 체다의 형제들과 엄마,
그리고 체다가 함께 있는 모습을 상상해본다.
고양이들은 유년기 시절에 같이 지내는 고양이 혹은
사람이 하는 행동을 보고 배운다고 하는데,
체다의 느긋하고 긍정적인 성격을 보면
분명 산에서 살 때도
좋은 가족 또는 좋은 분들과 지냈을 거라 믿는다.

8개월 정도 되는 나이에 우리집에 온 체다.
그래서인지 가끔은 이 아이가
산에서 어떻게 살아왔을까 궁금하다.
산 고양이인데 사람을 이렇게 좋아할 수 있을까부터 시작해서
근처엔 민박집 하나밖에 없었는데 거기서 뭘 얻어먹고 지냈을지,

체다의 형제와 엄마는 어디 있던 건지,
(체다를 발견했을 당시 체다는 혼자였다.)
발바닥에 굳은살이 있던 걸로 봐선
산에서 꽤 오랜 시간 생활한 것 같은데
그렇다면 혹시 누군가 체다를 산에 유기한 건 아닐지….

그런 체다가 우리집에 온 날,
체다는 숨기는커녕 침대도 제 것처럼 잘 사용했고
울거나 나가고 싶어한 적은 한 번도 없었다.
너무도 자연스러운 모습으로, 마치 이곳이
원래 자기 집이었던 것처럼
우리를 의지하는 모습에 찡하기도, 사랑스럽기도 했다.
간혹 사람을 잘 따르는 길고양이라도
집으로 들이면 며칠 내내 울거나 숨거나 하는 일이 생긴다던데….
체다는 정말 산신령인 걸까?

그때 우리를 만난 건 정말 운명 중 운명이 아닐까 싶다.
치악산 절벽 위에서 날 내려다보던 그 노란 고양이는
그야말로 천사처럼 빛났다.
흐린 날이었음에도 체다 주변에 후광이 느껴질 정도로!
이 장면을 찍지 못했다는 게 내 평생의 한이다. 흑흑.

## 츤데레 큰형아

절레 형과 올리의 관계는 좀 애매하다.
올리는 큰형아를 어려워하는 편이다.
올리의 어린 시절, 올리가 하기 싫어하는 것들
(그러나 고양이의 건강을 위해 꼭 해야 하는 일들)을 할 때
심하게 반항하지 못하도록 엄하게 교육시켜서 그런지
우리집에서 가장 무서운 큰 고양이는 바로 절레 형이다.
군기반장쯤 될까?
스파르타식은 아니었지만 그 덕분에
발톱 깎는 것과 양치질 정도는 다들 잘하는 편이다.

올리는 뭐든지 다 나에게 요구하는 편이고
요구 사항을 들어주지 않으면 나를 때리고
떼쓰는 아들처럼 울어대며 다리를 깨문다.
그럴 때 큰형아는 올리를 데려가 "이놈!" 하며 주의를 주고,
올리는 금세 울상이 된다.
'이놈'은 자주 하진 않지만 나를 세게 깨물 땐

어쩔 수 없이 한 번씩 하는 편이다.
그러면서도 또 잠이 오면 절레 형 다리 사이에 폭 들어가
턱을 괴고 잠을 자기도 한다.
올리의 마음은 올리만 아나 보다.

까까통(간식통)이 내 앞에 있으면
발로 통을 굴리며 열어달라고 울지만,
그 까까통이 큰형아한테 있으면 달라고 하지 못한다.
시간이 지나면 좀 덜 어려워할까 싶었지만 아닌가 보다.

하지만 놀이를 할 땐 또 무조건 큰형아를 찾는다.
수박인형 놀이(82쪽 참조)가 하고 싶을 땐
큰형아의 등에 올라타 '나를 봐!'라는 느낌으로 "야옹!" 한다.
낚시 놀이를 할 때도 흔들어주는 건 난데
막상 그걸 물고나서는 큰형아한테 가져다준다.
참 엉뚱하고 알 수 없는 올리다.

체다는 절레 형을 어려워하진 않는다.
오히려 매우 친밀한 자기 편을 대하는 느낌이랄까?
나한테 서운했던 것들도 다 큰형아한테 말하는 것 같다.
나에겐 늘 든든한 모습, 의젓한 모습만 보여주는 체다인데
절레 형에겐 어리광도 피우고 쫑알쫑알 말도 많이 한다.

체다도 처음부터 의젓하진 않았다.
호기심도 많았고 사이드 스텝을 하며
나랑 술래잡기도 많이 했다.
하지만 동생이 생기면서 형아 노릇하느라 그랬는지
조금씩 점잖아졌다.
나이를 한 살 한 살 먹어가는 것도 있고….

그래서 나는 늘 체다에게 표현해도 된다고,
체다 하고 싶은 거 다 하라고 말해준다.
체다가 절레 형에게 하는 걸 보면

가끔 엄마한테 말하기 어려운 걸
아빠한테 말하는 것처럼 느껴질 때가 있어서다.
큰형아는 체다에게 그런 존재인 것 같다.

# 장난감 놀이

장난감 놀이는 고양이들의 스트레스 완화와 에너지 분출에 도움이 많이 된다. 터널을 이용한 놀이도 좋다. 터널 안에 숨어 있다가 사냥감을 보고 뛰쳐나오면서 감춰져 있던 사냥 본능이 마구마구 드러날 테니까!

낚시 놀이의 팁은 내가 깃털 또는 애벌레가 된 것처럼 온몸으로 놀아줘야 고양이도 신나한다는 것. 영혼 없이 휘두르면 절대 안 된다. 올리는 깃털을 바닥에 둔 다음 내가 힘껏 달리면 엄청 빠르게 쫓아와서 잡는다. 그리고 한 번씩은 꼭 잡혀줘야 한다. 그래야 뿌듯해하며 또 뛸 준비를 하기 때문이다. 여기서 중요한 마지막 팁! 놀이가 끝난 후에는 꼭 고양이 손이 닿지 않는 서랍장 속에 장난감을 숨겨주는 것. 그래야 싫증을 덜 느낀다고 한다.

고양이 장난감의 종류는 참 다양하다. 그래서 나는 요새 뭐가 가장 핫한 장난감인지 종종 검색해본다. 제일 기본적인 낚싯대부터 시작해서 자동으로 움직이는 장난감 등등… 장난감의 세계는 무한하다.

사실 나는 체다, 올리와 장난감 놀이를 자주 하는 편은 아니다. 어쩌다 가끔 한 번씩 하는데, 아이들은 여전히 낚시 놀이를 좋아하지만 올리의 경우 최애 장난감인 '수박인형'을 가지고 노는 걸 좋아한다. 수박인형은 예전에 절레 형이 경품으로 뽑아온 인형인데 캣닢이 들어있지도 않은 그냥 보통 인형임에도 어렸을 때부터 이 인형을 너무도 좋아했다. 올리는 같이 '수박인형 놀이'를 하자며 인형을 물어와 우리의 발밑에 놓기도 한다. 던져주지 않으면 등에 올라타기도 하고 어서 인형을 던지라고 눈빛으로 계속 말한다. 인형을 던져주면 물어오고 또 물어오고를 무한 반복한다. 스무 번 이상은 던져줘야 만족하는 올리다.
요즘은 전에 비해 수박인형을 그렇게 좋아하진 않는데, 예전만 해도 수박인형 없어지는 날은 집에 비상이 걸리는 날이었다. 온 집을 수색해 수박을 찾느라 난리를 피웠다.

올리는 물어오는 것도 잘하고 물고 뜯는 것도 잘한다. 수박인형도 하도 물고 뜯고 해서 솜이 삐져나와 참 많이도 꿰맸다. 마음에 드는 빗이 생기면 빗도 물어오고 숨겨두면 기어코 찾아내서 밤새 빗을 물고 뜯는다. 독특하고도 알 수 없는 올리의 세계다.

체다는 딱히 애착 인형은 없고 마타타비またたび, 개다래나무 캣닢 쿠션을 더 좋아한다. 올리는 분명 고양이인데 마타타비 나무를 보여주면 연신 발로 묻어버린다. 고양이들은 똥과 같이 더러운 것을 발로 묻는데 어느 날은 캣닢 쿠션으로 실컷 놀다가 또 발로 슥슥 묻어버린다. 멍멍이들이 자신의 보물을 땅에 파묻는 것과 같은 걸까?

# 아들 셋

나보다 6살이 많은 든든한 절레 형이지만
가끔 체다, 올리와 셋이서 똘똘 뭉친다.
봄에는 셋이 베란다에 쪼르르 모여 앉아 새 구경을 하고
가끔씩 체다와 술래잡기도 한다.

체다는 절레 형을 친구로 생각하는 것 같다.
나에게는 든든하고 늠름하게 구는데
절레 형이 오면 하루 동안 있었던 일을 이야기해주는 것처럼
야옹야옹거리며 계속 말한다.

어느 날은 절레 형이 회식 때문에 밤늦도록 오질 않으니
현관문 앞에서 계속 기다리던 체다의 모습이 생각난다.
그러다 나는 잠들었고, 나중에 절레 형이 돌아오자
체다와 올리는 거의 감긴 눈으로 현관까지 나가
큰형아를 맞이해주었다.
그렇게 큰형아에게 간식을 하나씩 얻어먹고

다시 잠을 자던 아이들. 너희가 나보다 낫다.

아들 셋이서 뒹굴뒹굴하다가 함께 잠든 모습을 보면
참 오묘한 기분이 든다.
체다, 올리는 우리를 어떻게 생각하는 걸까 궁금하기도 하고.

# 꾹쭙이

체다가 나에게만 하는 애정 표현이 있다.
그것은 바로 '꾹쭙이'다.
꾹쭙이는 꾹꾹이+쭙쭙이를 합친 말로,
아기 고양이들이 엄마 젖을 먹을 때
손으로 젖을 꾹꾹 누르면서 입으로 젖을 먹는 행동을 가리킨다.

올리는 이런 행동을 전혀 한 적이 없다.
떠도는 설에 의하면 어렸을 때 엄마 젖을 빨리 뗀 친구들이
성묘가 되어서도 자주 꾹쭙이를 한다고도 하는데,
체다가 나에게 그럴 때마다
'엄마가 보고 싶은 걸까?' 하는 생각도 든다.

주로 체다가 꾹쭙이를 하는 타이밍은
내가 안아주거나 쓰다듬어줄 때.
그때부터 골골골 노래를 부르며 꾹쭙이를 하겠다는 신호를 준다.

특이하게도, 체다는 내 오른쪽 겨드랑이에만 꾹꾭이를 한다.
정확히는 팔뚝 안쪽.
왜 이곳을 선택한 건지는 나도 잘 모른다.
아무튼 무조건 오른쪽이다.
이 내용을 SNS에 한번 올린 적이 있었는데 어떤 분이 댓글로
'겨드랑이에 혹시 캣닢이 자라는 거 아니냐'고 해서
엄청 웃었던 기억이 난다. 푸하하하.

꾹꾭이를 많이 하는 날에는 하루에 다섯 번도 더 한다.
그런 날이면 내 겨드랑이는 마를 틈이 없다.
체다의 꾹꾭이에는 확고한 취향이 있는데,
내가 맨투맨 티셔츠나 두꺼운 옷을 입고 있으면
하려고 하다가도 발로 몇 번 밟아보곤 하지 않는다.
마음에 드는 감촉이 아닌가 보다.
반드시 그냥 기본 티셔츠를 입고 있어야만 꾹꾭이를 한다.
체다의 꾹꾭이는 때와 장소를 가리지 않는데,

자다가도 꾹쭙이가 하고 싶으면 이불을 벅벅 긁으며 야옹거린다.
심지어 집에 손님이 와 계실 때도 나한테 와서
꾹쭙이를 하겠다고 야옹야옹거려서 몇 번 당황했던 적이 있다.
체다가 꾹쭙이를 하도 열심히 하길래, 나는
다른 고양이들도 할 줄 아는 거라 생각했는데
그건 또 아닌가 보다. 올리는 꾹꾹이도 쭙쭙이도 할 줄 모른다.
이불이든 쿠션이든 한 번도 없었다.

올리가 어렸을 때, 체다가 꾹쭙이 하는 모습을 보고는
자기도 궁금했는지 같이 겨드랑이에 낑겨서 앞발만 쭉 내밀고
체다를 빤히 바라보던 적이 있었는데,
그 모습이 너무 귀엽고 사랑스러웠다.
형아 하는 건 다 따라하고 싶었던 시절이었을 테니!

체다가 꾹쭙이를 안 하는 날도 있다.
그건 바로 삐진 날.

그래도 체다는 삐짐을 빨리 풀어주는 편이다.
내가 체다를 쓰담쓰담해주면서 귀에 대고
"째다, 뭐 땜에 삐졌어? 화풀어" 하면
금방 푸릉푸릉 소리를 내고 배를 보이며 데구루루거린다.
동물들도 이렇게 여러 감정을 느끼고
그것을 각자의 방식으로 표현한다는 것이 늘 신기할 뿐이다.

## 올리의 전용 베개

올리는 안겨 있거나 잠을 잘 때
몸을 찰싹 붙이는 편은 아니다.
그런데 어느 날부터 내 다리에서 자기 시작하면서
졸리면 무조건 내 다리로 와 똬리를 틀기 시작했다.
근데 문제는 난 잠을 옆으로 자던 버릇이 있어
올리가 그렇게 있으면 잠을 자지 못한다는 거였다.

그런데 어느 날 올리가 비몽사몽하고 있을 때
내 가슴팍으로 올려 팔베개를 해주고
이불을 덮어 토닥토닥해주니 바로 잠드는 것이 아닌가!
올리는 그대로 내 팔을 베고
발을 턱, 하니 올린 상태에서 푹 주무셨다.

잠을 잘 때 뭔가가 불편하면 가버리기도 했는데
일단 고개를 받쳐주는 게 포인트인 것 같다.

내가 올리를 재워주는 것처럼 보이지만
사실 올리가 날 재워주는 거다. 하하!
난 올리의 이마 냄새를 맡고 잠드는 날에는 '꿀숙면'을 취한다.
체온은 또 얼마나 따뜻한지.
이 보드라움을 나만 느낄 수 있다니!
세상을 다 가진 기분이다.

체다도 같이 안겨서 자면 얼마나 좋을까?
몇 번 시도해봤지만 체다는 싫은가 보다.
언젠간 성공하고 말 거야!

## 체다에게 올리란, 올리에게 체다란

체다, 올리는 친형제가 아닌데도 유독 사이가 좋은 편이다.
사이좋게 잘 지내는 모습을 보면
내가 정말 복을 많이 받았구나 하는 생각이 든다.
체다가 올리를 잘 보살펴주길래
다른 고양이들도 좋아하는 건 줄 알았는데,
올리만 예외적으로 예뻐한 거였다.

올리도 체다에게 꽤나 의지하는 편이다.
하루는 체다만 밖에 데리고 나갈 일이 있었는데
올리가 놀란 토끼 눈으로 쫓아오더니
문 앞에서 엉엉 울고불고 자지러지는 게 아닌가.
결국 외출을 하지 못하고 다시 집에 들어오게 되었는데
올리는 안심한 듯 체다를 그루밍해주었고,
둘은 다시 껌딱지가 되었다.
이게 분리불안증세 같은 걸까 하는 생각도 들었다.
반면 체다는 올리가 어딜 가도 딱히 신경쓰지 않는 편이다.

이 둘은 일부러 붙여놓지 않아도
서로 늘 끌어안은 채 껌딱지처럼 붙어 있다.
애틋하고, 신기하고, 사랑스러우면서도 한편으론 걱정도 된다.
먼 훗날 둘 중에 하나가 먼저 별나라로 떠나게 된다면
남은 친구가 잘 지낼 수 있을까?
이렇게 나는 오늘도 일어나지도 않은 일을 걱정한다.

이 친구들이 서로를 알뜰살뜰 챙겨주는 모습을 보며
조건 없는 무한한 사랑이 무엇인지
다시 한번 느끼고 있다.

누가 가르쳐준 것도 아닌데
어른 고양이가 아직 약하고 어린 고양이에게
기꺼이 양보하는 모습,
자신보다 몸집이 작은 친구들을
성심성의껏 돌보는 모습을 보면

이 아이들이 사람보다 낫다고 생각할 때가 많다.

체다야, 올리야. 너희는 그 자체로 사랑이야.

# 무시하거나, 대답하거나

SNS에서 많이 받은 질문 중 하나는
'아이들이 자기 이름을 부르면 알아듣는지'에 관한 거였다.

고양이에 대해 잘 몰랐을 때 인터넷을 검색해보면
'알아듣지만 무시한다'라는 내용이 많았는데,
이건 고양이들마다 다른 것 같다.
왜냐면 체다, 올리는 내 목소리도 알고
본인들의 이름도 분명히 알고 있기 때문이다!
멍멍이들처럼 바로 뛰어오거나 하진 않지만
몇 번 부르면 어디선가 나타나거나
앞에 있을 땐 꼬리로 대답하거나 한다.

이 사실을 확신하게 된 계기가 하나 있었다.
절레 형과 장 보러 나갔다 돌아오는 길에
혹시나 하고 아파트 밖에서 체다랑 올리를 불렀는데,
둘 다 부엌 창문으로 와 "야옹" 하고 대답하는 게 아닌가!

너무너무 신기해서 영상으로도 남겼다.

그 뒤에도 우연인가 싶어 몇 번 불렀는데

서너 번 중 두 번은 성공했던 것 같다.

지금 생각해보니,

너무 귀찮아서 무시했을 수도 있었겠단 생각이…!

## 나는 다 알 수 있어

고양이의 언어에 대해 따로 검색해본 적은 없다.
그냥 지내다 보니 자연스럽게 알게 되었을 뿐.
고양이도 그들만의 다채로운 언어와 표정을 가지고 있다.

체다, 올리와 지내면서 '야옹' 하는 울음소리가
전부 다 다르게 들린다는 걸 알았다.
물론 몸짓으로도 같이 표현을 하기도 하지만 말이다.

막내 올리는 간식이 먹고 싶을 때
간식통을 발로 영차영차 굴리며
나를 바라보고는 "야옹" 한다.

그리고 졸음이 밀려오면 눈부터 이미 잠이 그득하고
내가 가는 곳마다 쫓아다니며 야옹거리고
내 다리를 물어뜯는다.
너무 졸리니 같이 자자고 하는 잠투정이다.

그때 침대에 누우면 기다렸다는 듯 바로 달려와
내 다리에 폭 안겨 잠을 청한다.
그렇게 토닥토닥하며 나도 같이 잠이 들 때가 많다.
뭐랄까, 올리에게서는
정말 갓 태어난 아기를 키우고 있다는 느낌을 많이 받는다.

체다는 나에게 야옹거리며 요구 사항을 말하는 것보단
눈을 빤히 바라볼 때가 많다.
그렇게 서로 눈을 꿈뻑꿈뻑한 채 바라보고 있으면
어느새 체다는 푸릉푸릉, 골골송으로 시동을 걸며
꾹꾹이를 하러 온다.

베란다로 나가는 문을 바라보고 있을 땐
창문을 열어 시원한 바람을 쐬게 해주면 좋아한다.
집 주변에 나무가 많아 풀냄새가 가득 올라오는데,
그렇게 체다와 나는 베란다에서 같이

햇볕도 쬐고 다정하게 이야기도 나눈다.

많이들 아시는 '마징가 귀'(귀가 양옆으로 내려가 있는 것)는
심기가 불편하다는 표현이다.
체다가 마징가 귀를 한 건 거의 보지 못했는데
올리는 가끔씩 있다.

체다, 올리의 평소 모습을 알아서 그런 걸까.
올리 같은 경우 컨디션이 종종 떨어질 때를
바로 알아채게 되었다.
일단 눈빛부터가 많이 달라진다.
그럴 땐 집을 따뜻하게 해주고 최대한 같이 있어주려고 한다.
스킨십도 물론 잊지 않는다.

올리가 기분이 너무 좋을 때
몸을 이용해 표현하는 방식은 딱 하나다. 꼬리 부르르르 떨기.

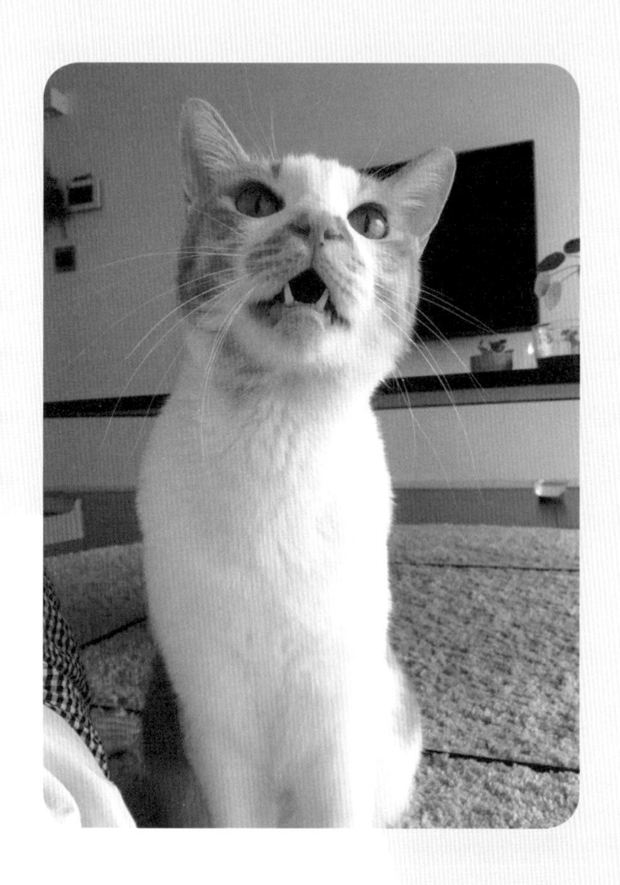

이건 모든 고양이들이 다 하는 것 같진 않다.
모서리에 얼굴을 비비는 행동도 자주 하는데,
기분이 좋을 때, 혹은 요구 사항이 있을 때도
같은 행동을 한다.

체다와 올리가 나에게 하는 행동은
주로 정해져 있고 단조로운 편이다.
고양이와 함께 사는 다른 친구들의 이야기를 들어보면
자주 울기도 하고, 화가 나면 화장실이 아닌 곳에
소변을 보기도 하는 등 복잡한 경우도 종종 있나 보다.

나는 평소 체다, 올리와 대화를 많이 하는 편이다.
서로의 언어는 다르지만 무언가 통한다고 생각한다.
아이들의 표정, 목소리, 몸짓 등을
어느새가 대부분 알아듣고 있다는 게
나 스스로도 놀라울 때가 많다.

특히 체다와는 대화가 잘 통하는 것 같다.
어딜 가거나 누가 오거나 할 때는 꼭 체다의 허락을 받는다.
미리 말했을 때와 말하지 않았을 때의 차이를 나는 알 수 있다.
그렇기에 체다에겐 꼭 말을 해준다.

올리는 체다만큼 내 말을 알아듣진 못하는 것 같다.
그래도 신기하게 이름도 알아듣고
"올리, 이리 와봐" 하면 냉큼 달려온다.
비록 내가 칫솔을 들면 부리나케 도망가기 바쁘지만. 하하.
어떻게 내 손에 든 게 칫솔인지 바로 아는 걸까?
그 작은 머리로 요리조리 생각하는 모습이 미치도록 깜찍하다.

각각 다른 성격만큼
자기만의 표현 방식과 감정을 가지고 있는 걸 보면
고양이는 인간과 별반 다르지 않은 존재 같다.
말 못 하는 동물들과 어떻게 대화를 하냐고 할 수도 있지만 몸짓과 눈빛만으로 충분히 소통할 수 있다.
아이들의 마음을 전부 다 이해할 수는 없어도
늘 궁금해하며 유심히 지켜보다 보면
언젠가는 이해하는 데 분명 도움이 된다.

때로 고양이들이 하는 말을 알아들을 수 있다면 어떨까,
하는 생각도 들지만
언어가 통하지 않는 만큼
고양이들에 대해 더 세심히 관심을 가지고 알아가라는
'야옹신神'의 깊은 뜻이 아닐까 싶다.

## 올 것이 왔다, 아이들의 중성화 수술

체다가 우리집에 온 뒤 병원에 데리고 갔다.
체다의 나이는 약 8~9개월 정도.
의사 선생님은 곧 중성화 수술을 해줘야 한다고 알려주셨다.
고양이에 대해 무지했던 나는 인터넷으로 정보를 찾아보았다.
고양이는 발정을 겪으면 통증을 느끼고
이곳저곳에 스프레이를 하며
하울링 또는 콜링이라고 하는 큰 울음소리도 낸다고 했다.

어린 시절, 새벽에 고양이들이 아기 울음소리를 내서
너무 무서워했던 기억이 있다.
그것이 발정으로 인한 통증 때문에 낸 울음소리라고 생각하니
어느 정도의 고통일지 상상할 수도 없었다.
체다를 아프게 하기는 싫어 빨리 수술 날짜를 잡았다.

수술은 잘 끝났고 집에 온 체다는 기운이 없어 보였다.
처음 낀 넥카라가 불편할 법도 한데

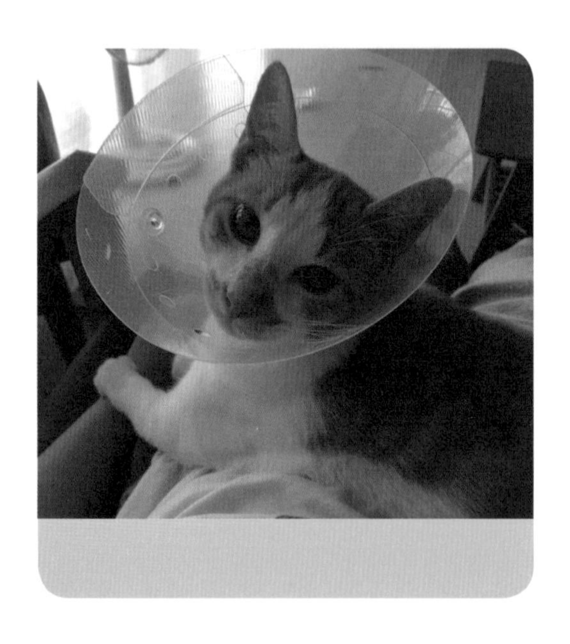

체다는 한 번도 빼려고 하지 않았다.
수술 부위에 소독도 해주고 핥지는 않는지 계속 지켜봤다.
다행히 수술 부위가 잘 아물어 실밥은 1주일 만에 쏙 뽑았다.

올리의 중성화 때는 이상하게 체다 때보다 더 긴장됐다.
모르는 게 약이라는 말은 이럴 때 적용되나 보다.
한번 경험해보니 더 걱정되는 이 마음은 뭘까!

우리 올리는 첫 넥카라를 아주 잘근잘근 부셔주었다.
절대 끼려고 하지 않았고 약도 먹으려고 하지 않았다.
그래서 더욱 유심히 지켜보았다.
하지만 수술 다녀온 날,
평소처럼 뛰어놀고 우다다를 하는 모습에
역시 올리다 싶어 크게 웃었던 기억이 난다.

## 체다의 발치 수술

어느 날 체다 양치를 시키다
잇몸에 뾰루지처럼 뭔가가 나 있는 게 보였다.
밥은 잘 먹었는데 뭘까?
병원에 사진을 찍어 보내고 1주일 정도 더 지켜보기로 했다.
그동안 뾰루지는 점점 더 커졌다.

스케일링 예약을 잡고 체다와 병원에 갔다.
체다는 병원에 가면 긴장은 조금 하지만
많이 무서워하지는 않는 편이다.
수술 들어가기 전 피검사도 하고
수액을 충분히 맞고 들어가기로 했다.
1시간 정도 체다가 얌전히 링거를 맞는 동안
나는 체다 곁에 앉아 이야기를 해주었다.
"잘하고 와, 한숨 자고 나면 하나도 안 아플 거야."
팔이 불편할 법도 한데 어쩜 이리 얌전하고 착한지….
체다는 역시 존재만으로 든든한 아이다.

체다는 '치아흡수병변'이라는 진단을 받고
뾰루지가 난 작은 어금니를 발치했다.

치아흡수병변은 명확한 원인을 모른다고 하는데
여러가지 가설에 의하면 면역력 때문일 수도 있고
치아의 표면에 흠집이 생기면서
그곳으로 세균이 감염되어 생긴다는 설도 있다.
이 병에 걸리면 치아가 녹아내리기 때문에
의사 선생님은 이런 경우 발치를 할 수밖에 없다고 하셨다.

발치 이후 1년이 지났지만 다행히 다른 치아에는 생기지 않았다.
올리에 비해 체다는 유독 치석이 잘 생기는 편이다.
최근 밥에 타 먹일 수 있는 제품을 알아내서 꾸준히 사용 중인데
확실히 입 냄새는 많이 사라졌다!
하지만 양치질만큼 플라그를 없애는
효과적인 방법은 없는 듯하다.

고양이들은 치아가 없어도 건사료를 먹을 수 있다.
그래도, 나는 체다가 이빨을 사용해서
무언가를 씹는 즐거움을 오래도록 누렸으면 좋겠다.

# 정기 검진의 중요성

함께 사는 고양이가 "나 어디가 아픈 것 같아"라고 아플 때마다 말해준다면 얼마나 좋을까. 고양이들은 어딘가가 아프면 그것을 잘 드러내지 않는다. 그래서 증상이 겉으로 나타났을 땐 상태가 이미 꽤 심각하게 진행된 경우도 있다. 그래서 나는 특히 초보 집사들에게 정기 검진의 중요성에 대해 말해주고 싶다.

기본적으로는 평소에 어딘가가 불편해 보이지는 않는지, 식사량이 줄진 않았는지, 화장실은 잘 가는지 유심히 관찰하는 것이 매우 중요하다. 더불어 체다와 올리는 1년에 한 번씩은 반드시 병원에 방문해 정기 검진을 받는다. 가장 기본적인 혈액 검사와 엑스레이 촬영, 치아 상태 등을 점검하고 나이를 한 살 더 먹을수록 다른 검사도 추가했다.

우리가 받은 검사로는 복부 초음파와 SDMA 검사가 있다. 복부 초음파를 받으려면 배털을 많이 밀어야 하는데 체다는 병원에 가면 협조를 꽤 잘해준다. 하지만 올리는 난리가 난다. 울고불고 소리지르고 몸부림치고…. 의사 선생님, 간호사 선생님들조차 처음엔 진땀을 뺐다. 초보 집사들은 이럴 때 당황하면서 식은땀을 흘리기도 한다. 하지만 점점 시간이 지나면서 고양이를 안거나 잡는 요령도 생길뿐더러, 무엇보다 고양이가 좋아하는 간식을 주며 기분을 달래주면 훨씬 나아진다.

고양이 친구들이 병원에서 무서움을 느낄 때 반응하는 모습은 각각 다르다. 올리 같은 경우는 겉으로 분노를 표출했고 임시 보호했던 고양이 달래 같은 경우에는 온몸을 웅크리고 숨을 빨리 쉬며 발에 땀도 났다. 병원에 가는 건 고양이들에게는 꽤나 스트레스겠지만 그렇다고 검진을 안 할 수는 없다.

내 경우 6개월에서 1년에 한 번씩 검사를 받고 그전에 검사했던 결과와 비교해본다. 또 몸무게는 얼마나 늘고 줄었는지 확인하며 필요에 따라 식사량을 조절한다. 올리 같은 경우는 식이 알레르기가 있어 더욱 자주 검사하기도 했었다.

체다, 올리가 다니는 병원은 두 곳이 있다. 한 곳은 큰 검사나 수술을 받을 때 가는 곳이고 다른 한 곳은 집에서 가깝고 간단한 처치를 받을 때, 혹은 응급상황일 때 갈 수 있는 24시 병원이다. 요즘은 TV 프로그램 뿐만 아니라 수의사 선생님들이 직접 유튜브 등을 통해 영상도 제작하시는 등 고양이에 대한 정보를 얻을 수 있는 곳이 아주 다양해졌다. 이런 곳을 통해 정보를 얻는 것도 좋은 방법이지만, 정기적으로 검사를 해주는 것이 가장 안심할 수 있는 확실한 방법이다.

## 우리만 아는 것

고양이와 사는 집사라면 한 번쯤
마트에서 괜찮은 박스들을 종종 봤을 것이다.
한번은 절레 형이 정말 괜찮은 박스를 발견해 딱! 잡았는데
이를 본 어떤 분들이 절레 형이 잡은 박스를 보며
굉장히 부럽다는 눈빛을 발사했다고 한다.
말하지 않아도 절레 형은 그 눈빛을 딱 보고
'저분도 집사구나!'라고 생각했단다.

그렇게 우리의 '박스 집착'이 시작되었다.
바나나 박스가 쌓여 있으면 그중에서도
제일 튼튼하고 좋은 걸 고르고 또 골랐다.
이게 대체 뭐라고 이리도 열심히 한단 말인가!
아마도 이건 집사만 느낄 수 있는 '박스 부심'이 아닐까 싶다.

길을 거닐다가도 좁은 골목이나 담 위 틈새에
작은 햇반 그릇이 놓여 있으면

'아, 고양이 밥이구나' 하고 알아차린다.
다른 사람들은 잘 보지 않는 곳인데
우린 그쪽만 유독 잘 보인다. 차 밑 그림자만 봐도 알 정도다.

또 하나는 응고된 오줌, 아니 감자를 캘 때다.
(집사들은 고양이 오줌을 '감자', 응가를 '맛동산'이라고 부른다.)
무슨 보석이라도 캐는 것처럼 그렇게 신중할 수가 없다.
특히 화장실 벽에 붙은 감자는 극강의 집중력을 발휘해
조심조심 잘 떼어내야 한다.
감자가 푸스스 하고 부서지는 순간은… 말하지 않아도 알 것이다.
왕감자를 수확한 날에는 사진을 찍어 기록으로 남기고
하트 감자가 나오면 그날은 럭키 데이!

집사가 아닌 사람에게는 그저 평범한 비닐봉지지만
집사들에겐 소중한 장난감이다.
올리는 비닐봉지를 유독 좋아하는데

비닐봉지 손잡이 부분에 목이 낄 수도 있으니
그 순간에만 놓고 바로 치우는 것이 좋다.

고양이와 함께 산 뒤부터
자꾸 우리만 알아볼 수 있는 것들이 늘어간다.
오늘도 내 일상에는
새로운 즐거움과 행복이 한가득 들어찬다.

## 고양이는 고양이를 부르고

체다, 올리와 지내기 전까지는
고양이에 관심이 많은 편은 아니었다.
길을 거닐다가도 고양이를 보고 느꼈던 감정 또한
지금과는 많이 달랐다.
그저 귀여운 길고양이 친구구나, 하고 무심히 지나쳤을 뿐.

그런데 체다가 우리집에 온 뒤 몇 달이 지나고
아파트 주차장에서 아기 고양이를 발견했다.
그 아이들은 아파 보였고, 그 모습이 마음 아팠던 나는
하루 동안 우리집에 뒀다가 병원에 데려가고 싶었지만
절레 형은 반대했다. 그날 밤새 펑펑 울었던 기억이 난다.
절레 형은 체다의 존재가 더 소중했고
나는 나대로 이 아프고 작은 아이들을 구해주고 싶었다.
동물 애호가도 그 무엇도 아니지만
도움을 주지 못한다는 사실에 죄책감이 들었다.

"너는 아기 고양이를 만지고 보고 싶은 거야,
아니면 정말 도와주고 싶은 거야?
체다가 저 아이들로 인해서 혹시라도 아프면 어쩔 거야?"
그 말을 들은 나는 한참을 아무 말도 못했다.
그때의 나는 길에서 만난 아이들로 인해
체다가 아플 수도 있을 거란 생각을 전혀 하지 못했기 때문이었다.
시간이 흘러 몇몇 친구들을 임보하고 입양도 보냈지만,
항상 늘 조심스러웠다.

입양가서 잘 사는 모습을 보면 뿌듯하기도 하지만
임보 기간 동안 체다, 올리가 받은 스트레스가
아예 없지는 않았을 것이다.
절레 형은 임보에 대해 늘 동의하는 건 아니지만
동의할 때는 좀 더 신중하게 생각하게끔 시간을 준다.
덕분에 나는 충동적으로 행동하지 않고
조금 차분하게 이런저런 가능성을 생각해볼 수 있었다.

"세상의 모든 고양이들을 구할 수는 없어."
그렇다. 나는 마음만 앞서 나 좋은 일만 하려고 했던 거였다.
나도 모르게 체다와 올리를 2순위에 뒀던 것 같아 너무 미안했다.

고양이들은 모두 예쁘고 사랑스럽고,
그렇기에 보호받아야 하는 소중한 존재지만
지금의 내 자리, 내 상황을 고려하지 않고 무조건 뛰어든다면
체다나 올리는 그만큼 내 사랑을 쪼개서 받아야 할 뿐 아니라
나의 정리되지 않은 마음이
체다, 올리에게 큰 상처를 줄 수 있다.

지금 이 자리를 지키는 일 또한
주변을 둘러보는 것만큼이나 중요하다.
이 생각은 지금도, 그리고 앞으로도 변함이 없을 것이다.

# 나를 기다리는 또 다른 고양이들

회사 고양이들에게 밥을 주기 시작한 첫 이유는 너무 단순했다.
그저 눈앞에 고양이가 보였고, 뭐라도 주고 싶었는데
캔을 주니 다들 허겁지겁 잘 먹었다.
그렇게 한번 주기 시작하니 멈출 수 없었다.

길고양이 친구들에게 밥을 챙겨준 것은 그때가 처음이었다.
새로 들어간 회사 동네에는 고양이들이 아주 많았다.
내가 본 친구들만 10마리 남짓은 되었던 것 같다.
다행히 우리 회사 사장님과 다른 회사 사장님의 배려로
고양이가 머물 집과 급식소도 설치할 수 있었다.

이후 나는 그곳을 일명 '야옹마을'이라고 부르고 있다.
처음엔 햇반 그릇으로 시작해서
나중에 자동 급식기를 들여놓기까지 많은 변화가 있었다.
겨울 내내 주말에도 야옹마을에 출근해서
따뜻한 물과 핫팩을 집 안으로 넣어줬다.

친구들이 물을 벌컥벌컥 마시는 모습에 뿌듯하면서도
이것밖에 해줄 수 없는 내가 너무 작게 느껴졌다.
욕심에 욕심이 앞섰지만, 내가 고양이를 좋아한다고 해서
다른 사람들도 좋아해달라고 강요할 순 없는 노릇이었다.

밥 주는 걸 뭐라고 하는 사장님도 계셨다.
처음에는 무작정 큰소리로 호통을 치시니 무섭기도 하고
어떻게 말씀을 드려야 할지 전혀 생각이 나질 않아
꾸벅 인사만 하고 돌아갔다.
이후 곰곰이 다시 생각을 정리하고
그 사장님께 찾아가 몇 번 부탁을 드린 끝에
완벽한 허락을 받아내지는 못했지만
적어도 눈치 보지 않고 밥을 줄 수는 있게 되었다.
야옹마을은 다행히 주거 지역이 아니라는 장점도 컸다.

그러다 아이들의 얼굴을 익히고 '냥계도'를 만들어 보니

회사 주변엔 12마리의 고양이가 살고 있다는 걸 알게 되었다.
그중엔 한 달에 한 번 볼까 말까 한 친구들도 있지만
매일 보는 친구들이 더 많았다.
하루라도 안 보이면 불안해서
주말에도 일부러 출근 시간에 나가 밥을 챙겨주고
얼굴을 마주하면 그제야 안심하곤 했다.

한편으로는 야옹마을에 밥 주는 사람이
나밖에 없다는 사실에 어깨가 무겁기도 했다.
매일같이 나를 기다려주는
이 많은 고양이들을 어찌하면 좋을까….
한번 밥 주는 것은 쉬워도
매일 꾸준히 주는 것이 얼마나 어려운 일인지
다시 한번 깨닫게 됐다.

사람 간의 싸움에 불똥이 튀는 건

늘 죄 없는 길고양이 친구들이다.
그래서 더더욱 하루라도 안 보이면
나도 모르게 무서운 상상을 하게 된다.

내가 관리하는 급식소는 세 군데인데
항상 주변을 깨끗하게 정리정돈했다.
아기 치즈네는 작은 동산이 있는데
그곳에 자란 잡풀을 뽑고 예쁜 꽃들을 심어 더 보기 좋아졌다.
그리고 야옹마을에서 마음이 쓰이는 세 친구를 데려와
가족을 찾아주기도 했다.

TNR은 처음부터 생각했던 건 아니었다.
나 혼자 이 많은 친구들을 돌봐주던 어느 날 문득
'혹시 여기서 고양이 친구들이 더 늘어나게 된다면?'
하는 생각이 들었다.
떨리는 마음으로 시청에도 알아보고

꼼꼼히 그 과정을 파악한 후 TNR을 해주었다.

입양의 경우에는 더욱 신중하게 생각했다.
먼 훗날 이 친구들이 나를 따르게 된다면
꼭 좋은 분들께 입양을 보내주고는 싶었지만
한편으로는 내 마음대로 이 친구들의 거처를 정하는 것이
잘하는 일일까 싶었고, 동네가 안전하다면
기존에 살던 곳에서 사는 게 나을 수도 있다고 생각했다.
하지만 형제들 사이에 동떨어져 혼자 있는
'두찌'라는 아이만큼은 도저히 외면할 수 없었다.
두찌는 유난히 내 눈에 밟히는 아이였다.

이 친구를 임보해야 되겠다고 마음먹은 계기는
매일 같은 시간에 보던 두찌가 4일 동안 없어진 날이었다.
온갖 무서운 상상이 머릿속에 맴돌기 시작했다.
그렇게 불안한 상태로 4일을 보낸 뒤

두찌를 기적같이 다시 만났을 때,
유독 수척해진 두찌의 얼굴을 보고 눈물이 터질 뻔했다.
처음 견디는 겨울이었으니 아마도 많이 힘들고 고단했을 거다.
나를 만나러 온 그날 아침,
두찌는 온몸을 바들바들 떨며 따뜻한 물을 벌컥벌컥 마셨다.
추우니까 밖에서 기다리지 말고 부르면 숨어 있다가 나오라고
두찌를 볼 때마다 말해주었다.

그렇게 두찌의 형제 얼룩이와 두찌는 입양을 보냈지만,
같은 형제였던 세찌는 길 위에 둘 수밖에 없었다.
세찌는 사람을 유독 심하게 무서워하던 친구였기 때문이다.
세찌는 형제들이 사라진 후에도 매일 밥을 먹으러 왔지만
어느 날 사라졌고 지금까지 만나질 못했다.
그 일을 떠올리면 아직도 마음이 아프다.
내가 형제들을 모두 뺏어간 것 같은 죄책감도 든다.
하지만 언젠가는 꼭 다시 만날 수 있기를 간절히 바라고 있다.

참고로 입양을 간 얼룩이와 두찌는 너무 잘 지내고 있다.
이 친구들이 길고양이였나 싶을 정도로!

야옹마을의 고양이들을 돌보기 시작한 이후
많은 응원과 도움을 받았고
덕분에 지치지 않고 열심히 달려가는 중이다.
세상 모든 고양이들을 다 구할 수는 없는 건 맞다.
그래도 나는 내가 할 수 있는 범위 안에서는
최선을 다 할 거다.

가끔은 내가 언제까지 이 친구들을 돌봐줄 수 있을지
걱정이 되지 않는 건 아니지만
사실 답은 간단하다.
회사를 오래오래 다니는 것!

## TNR

TNR은 'Trap Nauter Return'의 준말이다. 고양이를 포획해서 중성화 수술을 시켜준 뒤 다시 살던 곳에 방사해주는 것을 뜻한다. 이때는 원래 살던 곳에 다시 돌려보내주는 게 가장 중요하다. 고양이는 영역 동물이라 자신들의 냄새가 남아 있는 곳에 보내줘야 하기 때문이다.

TNR을 꼭 해줘야만 하는 것인지 의문을 가지는 분들도 많이 있다. TNR은 번식을 막기 위해서이기도 하지만, 수술 후에는 이 친구들의 삶의 질이 훨씬 올라가고, 영역 다툼도 줄어든다. 또한 반복되는 발정과 출산의 고통에서도 해방될 수 있다.

다만 주의해야 할 것은 수술이 안전하게 잘 되었는지도 꼭 확인해야 한다는 것. 수술 후 특히 암컷 같은 경우는 회복 기간이 꼭 필요하다. 수컷들과는 다르게 개복해서 수술하기 때문. 몇 년 전 서울 어딘가에선 암컷 고양이의 수술이 잘못된 것인지, 방사를 일찍한 것인지 수술 부위가 벌어져 죽은 사례들이 종종 있었다. 그러니 방사하고 1주일 정도는 추적 관찰해서 밥은 잘 먹는지, 상태는 어떠한지 확인해볼 필요가 있다. 나도 야옹마을 친구들에게 처음 TNR을 해줬을 때 걱정이 많았다. 다행히 친구들은 본인의 영역에 다시 적응했고, 몸도 편안한지 포동포동 살도 오르며 지금까지 잘 지내고 있다.

# 젖먹이는 처음이야

인간 아기를 키워본 적은 없지만
임보했던 '오즈'를 통해 간접적인 경험을 했다.
아기 고양이는 2~3시간에 한 번씩 분유를 먹여야 하고
체온 유지도 잘해줘야 한다.
다행히 오즈는 이유식으로 금방 넘어갈 수 있었는데
밥그릇에 엎어지고, 얼굴에 묻히고 하는 일이 더 많아서
분유도 같이 먹였다.
처음엔 아기 오즈를 방에 혼자만 격리시켜야 해서
잠을 거의 못 잤던 일이 생각난다.
피곤할 만도 한데 정신이 더 바짝 들었다.
아기 고양이들은 하루아침에
별나라로 떠날 수도 있어서
더욱 긴장을 많이 했던 것 같다.
간혹 젖병을 물지 않는 친구들도 있다는데
오즈는 한 번에 먹어줘서 너무 수월했다.

지금까지 임보하고 입양을 보낸 친구들 중
가장 기억에 남는 친구, 오즈.
우연히 입양 공고글을 보고 보호소에 있는 오즈 형제를 발견했다.
뭐에 홀렸던 건지 나는 경기도에서 청주까지 오즈를 데리러 갔다.

공고글엔 사료를 먹는다고 되어 있었지만
실제로 본 오즈는 젖먹이 아기였다.
너무 당황스럽고 놀랐지만 병원에서 급히 분유와 젖병을 사와
어설픈 실력으로 '쭈쭈'를 먹여보기 시작했다.
젖병을 물고 우유를 먹는 오즈의 모습은 감동 그 자체였다.
이 작은 생명체가 살기 위해 부단히 노력하고 있는 모습이….

점심시간에도 잠시 회사에서 나와 오즈의 분유를 챙겨줬다.
어른 고양이가 옆에서 체온을 유지시켜주는 것이 좋지만
합사를 바로 할 순 없어서 페트병으로 대신했다.
매일 새벽에 일어나 페트병에 뜨거운 물을 담고 수건으로 감쌌다.

그러면 오즈는 그곳에 몸을 기대어 온기를 느꼈다.
이유식을 시작한 날엔 온 얼굴과 몸이 이유식 범벅이 되었지만
나는 그저 노력하는 오즈가 너무 대견할 뿐이었다.

사람을 무척이나 좋아했던 오즈는
나를 보면 무조건 몸에 올라타 골골송을 불러댔다.
체다, 올리와의 합사도 매우 수월하게 되었다.
아기 고양이란 사실을 알았던 건지,
특히 올리가 오즈를 많이 아껴줬다.
한번은 오즈가 상자에 빠진 적이 있는데
올리가 급하게 오즈를 물어서 끌어올려준 적도 있었다.

지금은 오즈가 올리보다 몸집이 더 크다.
오즈는 한 번 파양이란 아픔을 겪었지만
다시 돌아왔을 당시 여전히 해맑던 오즈의 모습을 보고
눈물이 쏙 들어가버렸다.

나에게 안아달라고 팔을 쭉 펴고 어깨에 매달렸을 땐
한마디로 표현할 수 없는 많은 생각이 스쳐갔고
이 친구들은 어쩜 이렇게나 대가를 바라지 않고
사랑을 표현할까 싶었다.

누구에겐 그저 지나가는 길고양이,
그냥 한번 키워보고 싶은 동물일지 모르겠다.
하지만 내가 이 친구들에게 관심과 애정을 쏟으면
그 애정은 무한대가 되어 돌아온다.

체다, 올리와 지내면서 그리고 임보 활동을 시작하면서
책임이란 것이 얼마나 무거운지 점점 더 깨닫게 되었다.
내 말을 듣지 않는다고, 할퀸다고, 털이 빠진다고,
고양이 탓을 하진 않았으면 좋겠다.
파양이라는 성급한 판단으로 이어지지도 않았으면 좋겠다.
당연한 이야기지만 그건 고양이의 탓이 아니니까.

## 합사

올리를 데려올 당시 합사에 대한 고민이 정말 많았다. '체다가 스트레스 받으면 어쩌지? 체다가 올리를 싫어하면 어쩌지? 친해지기까지 몇 달이 걸릴 수도 있다던데….' 걱정에 걱정을 하며 올리를 집으로 데려온 첫날, 나는 올리를 체다에게 보여주지 않고 바로 격리방에 들일 생각이었다. 그런데 체다는 올리의 울음소리에 바로 호기심을 보였다. 에이 설마, 하며 체다에게 올리의 모습을 보여줬는데 오히려 아기 올리가 몸을 부풀리며 체다를 위협하는게 아닌가! 체다는 그 모습에 도망을 갔다가 다시 돌아와 올리의 냄새를 한참이나 맡았다. 아기 올리는 제 집인 것처럼 온 집을 돌아다녔고 난 어설픈 축으로 합사가 되었음을 어렴풋이 느꼈다.

체다는 올리를 계속 쫓아다니며 목덜미를 무는 시늉을 했는데 고양이에 대해 잘 몰랐던 나는 체다가 올리를 괴롭히는 줄 알고 혼을 냈다. 그런데 알고 보니 체다는 '서열 정리'라는 것을 하고 있었던 것이다. 올리는 덩치 큰 치즈 형아를 피해다니며 꺅꺅 소리를 냈고 저녁이 되자 두 고양이들은 각자의 자리에서 너무나도 편안히 잠들었다.

다음날 걱정이 되어 조기퇴근을 하고 집에 갔는데 체다가 올리를 그루밍 해주고 있는 것이 아닌가! 나도 모르게 감격의 환호성을 질렀다.

둘째를 들이면 첫째에게 무조건 잘해줘야 된다는 글을 어디선가 본 적이 있다. 이후 나는 아기 올리가 올라오지 못하는, 체다만 있을 수 있는 공간을 만들어줬다. 매일 체다에게 최고라는 칭찬도 아끼지 않았다. 효과가 있던 건지 아기 올리도 자연스럽게 체다를 형아로 인정했다.

나는 이 친구들에게 공간을 마련해준 것밖에 없는데 아이들은 스스로 체계를 만들어 그것을 지키며 살아간다. 참 대단하다. 물론 본능적인 부분도 있을 것이다.

체다, 올리가 사이좋게 지내는 모습에 많은 분들이 합사의 비법을 자주 여쭤보시곤 하는데 그 어렵다는 합사에 나는 정작 아무것도 한 게 없어서 알려드릴 수 있는 게 없다. 운이 좋은 편이기도 하다. 하지만 무엇보다 격리와 기다림은 필수! 이건 몇 번을 강조해도 모자랄 만큼 중요하다.

# 영원한 막둥이 올리

올리는 나를 꽤 많이 의존하는 편이다.
내가 씻으러 들어가면 화장실 문 앞에 내내 앉아 기다리다가
그게 지치면 울고불고 문틈으로 손을 넣고 난리가 난다.
예전엔 세수하는 동안에도 옆에 앉아 나를 감시했다.

졸릴 땐 나에게 제일 먼저 찡찡거리며 자자고 한다.
하지만 올리가 자고 싶을 때마다 계속 같이 자러갈 순 없으니
몇 번은 “안 돼!”라고 거절한다. 그러면 올리는
칭얼거리다 결국 혼자 자러 간다.
그 모습이 또 짠해서 체다한테 “올리 좀 봐줘” 하며
체다를 올리 옆에 꼭 붙여준다.
그러면 체다는 한참 올리를 그루밍해주고
둘은 꼭 붙어 이내 같이 잠든다.
내가 일부러 붙여주는 일은 아주 가끔이고,
보통은 체다가 먼저 올리한테 가서 안아주는 경우가 많다.
올리가 내 팔을 베개 삼아 자는 모습은 봐도봐도 사랑스럽다.

올리는 늘 내 오른쪽 팔을 베고 자는데
내가 왼쪽으로 몸을 돌리고 있으면
등으로 올라와 발로 톡톡 친다.
그럴 때 오른쪽으로 다시 몸을 돌려 팔을 동그랗게 말아주면
그 안에 들어와 턱을 척, 하고 걸치고 눈을 감는다.

누가 이 사랑스러운 모습 좀 영상으로 찍어줬으면! 흑흑.

# 당도 감별사 & 식탐쟁이 체다

체다는 잘 먹는다.
체다가 어릴 때는 식탐이 왕성했다.

체다는 고양이지만 고구마를 정말 좋아한다.
그것도 단 고구마만 먹는다. 달지 않은 고구마는 먹지 않는다.
단맛은 또 어떻게 느끼는 걸까?
고구마를 너무 많이 먹으면 설사를 할 수도 있어서
작은 고구마 반 개 정도만 주고 끝내는 편이다.

체다는 우리가 먹는 음식에도 관심을 많이 갖는 편인데
엄청 달려들거나 하지는 않지만 밥 먹는 걸 계속 빤히 쳐다봐서
가끔 목이 멜 것 같은 때가 있다.

고양이가 먹지 말아야 할 음식은 당연히 주지 않는다.
다만 먹어서 해가 되지 않는 음식은 조금씩 맛보게 해주는 편이다.
한번은 체다가 처음 우리집에 왔을 때

식빵을 몰래 뜯어 먹은 적이 있다.
초보 집사였던 나는 큰일이 났구나 하고 너무 놀라 펑펑 울며
우리 고양이가 빵을 먹었다고, 어떻게 하냐고
고양이 카페에 글을 쓴 적도 있었다.

신선한 소고기를 사온 날은 체다가 가장 신나하는 날이다.
언젠가 한번은 사온 소고기가 보기에 별로 신선하지 않아
국으로 끓여 먹으려는데
체다가 자기한테 한 입도 안 줬다고 단단히 삐진 날도 있었다.

매일 식사할 때마다 주는 게 아니고 어쩌다 한 번이고,
고양이들마다 맞는 음식이 다르니
혹시나 하는 마음에 따라하는 분들이 계시지는 않았으면 한다.
다른 고양이가 잘 먹으니 내 고양이도 잘 먹고 괜찮을 거란 생각은
상당히 위험할 수도 있기 때문이다.

참고로, 음식에 관심도 많고 다 잘 먹는 체다에 비해
올리 같은 경우 사람 음식에는 전혀 관심이 없다.
올리는 고양이가 먹는 음식에도 편식을 하는 아이다.
형아가 뭔가를 먹으니 궁금해서 따라 왔다가
냄새만 맡고 발을 털거나
마징가 귀를 하곤 휙 가버리기 일쑤.
후각이 예민한 아이라서 그런지
맛보다는 냄새가 올리에겐 더 중요한 기준인가 보다.

## 엉뚱이, 집착이, 꾸러기, 매력덩어리!

올리는 요리조리 엉뚱한 구석이 많은 아이다.
샤워기를 틀면 무조건 달려와 물을 잡으려고 한다.
손으로도 잡고 입으로도 잡고….
뭐랄까, 물과 싸워 기필코 이겨보려는 느낌이랄까? 푸하하!
물을 무서워하는 것 같진 않은데
목욕은 그다지 좋아하는 것 같진 않다.

마타타비 나무를 쪼개 만든 막대기가 있는데
체다는 이 나무 막대기를 씹고 뜯고 맛보고 즐기고…
갈색 나무가 흰색이 되도록 뜯어댄다.

그런데 올리는 이 나무 막대기를 응가로 생각하는 것인지
사정없이 손으로 파묻어버린다.
모래가 없는 맨바닥이라 묻어지지도 않는데
지칠 때까지 계속 파묻는다.
그 모습을 지켜보던 내가 결국 막대기를

어딘가로 치우고 난 다음에야 올리의 집착은 끝이 난다.

올리는 자기 마음에 드는 아이템이 생기면 무조건 물고 온다.
한번은 예쁜 나무 브러시를 하나 사서 빗어줬는데
그 브러시가 아주 맘에 들었는지 계속 물어오는 게 아닌가.
다행히 집착은 오래가지 않았다.
올리는 '신상'을 좋아하기 때문이다.

장난감을 물어와 놀아달라고 의사 표시를 하는 모습을 보면
올리는 천재가 아닐까 생각한다.
그렇게 던지면 물어오고, 던지면 물어오는 놀이를
무한 반복 하고 있노라면
올리는 사실 고양이 모습을 한 강아지가 아닐까 하는 생각도…
여튼 종잡을 수 없는 매력으로 가득한 올리다.

어렸을 때보단 많이 얌전해졌지만
어릴 때는 그야말로 '비글비글'했다.
체다와는 정반대인 성격이라 더 꾸러기처럼 보이는 것도 있다.

꾸러기짓을 해도 "내가 뭐?" 하는 똘망똘망한 눈빛으로
나를 바라보는 올리를 보면
그저 "아휴~ 요 이쁜 것!" 하고
이 매력덩어리의 엉덩이를 토닥토닥해줄 수밖에.

# 체다의 남다른 취향

체다의 모래와 흙 사랑은 남다르다.
난 리트리버 친구들만 모래랑 진흙에서
신나게 뒹구는 줄 알았다.
그런데 체다도 화분 안에 들어가 온몸을 뒹굴거리며
신나게 흙 마사지를 하는 거다.
이유가 뭘까. 시원해서?
아님 내가 침대에서 뒹구는 느낌과 비슷한 걸까?

체다는 화장실에서 모래 마사지하는 것도 즐긴다.
그럴 때면 온몸이 핫도그에 설탕을 버무린 것처럼 난리가 난다.

이렇게 체다가 워낙 모래와 흙을 사랑하다 보니
온 집안을 흙바닥으로 만들어놔도 한 번도 화낸 적은 없다.
그 흙을 털과 발에 묻혀와서 침대 위에 올라왔을 때는
음… 대략 난감하긴 했지만. 허허.

하지만 이왕이면 애들이 늘 좋아하는 것,
하고 싶은 것만 잔뜩 하게 해주고 싶은 맘이 더 크기에
웬만해선 아이들에게 화내지 않으려고 한다.
그래서인지 체다는 내가 보고 있으면 좋아서 더 뒹구는 편이다.
그냥 체다의 취미 생활이려니 생각하고 있다.

하루는 문득 베란다에 실내 정원을 만들어 볼까 생각했다.
대나무와 자갈 모래로 가득 꾸미면 네가 얼마나 좋아할까.
생각만 해도 입꼬리가 흐뭇하게 올라갔다.
관리는 좀 어렵겠지만, 풀 냄새 흙 냄새를 좋아하는
체다를 위해서라면 언젠가 꼭 한번 해보고 싶다.
아예 주택으로 이사 가는 것이 더 빠르려나. 흑흑.

체다는 바깥 구경도 좋아한다.
처음엔 나가고 싶어 쳐다보나 싶었는데,
지나가는 사람들을 호기심 어린 눈으로 쳐다보기도 하고

날아다니는 새 친구들을 진지하게 주시하며
"갸갸갹" 채터링Chattering, 고양이가 새나 설치류 같은 사냥감을 본 뒤 치아를 빠르고 강하게 움직이며 내는 독특한 소리를 말한다도 열심히 하는 모습을 보니
우리에겐 늘 보는 같은 풍경일 뿐이지만
체다에게는 매일 흘러가는 일상 한 장면 한 장면이
그저 새롭게만 보이나 보다.

## 식물

고양이에게 위험한 식물은 정말 많다. 거의 700종류 이상이라고 하니, 웬만한 식물들은 다 위험하다고 생각하시면 될 것 같다.

주변에서 많이 보는 백합부터 시작해서 백합과 식물(알로에, 은방울꽃, 튤립, 히아신스, 파, 산부추, 두메부추 등), 그리고 철쭉과 진달래, 꽃다발 선물에 가장 많이 들어가는 안개꽃도 있다. 그 외 허브 식물 종류로는 로즈메리, 재스민, 티트리, 페퍼민트, 라벤더 등등. 이 정도면 그냥 집에 식물을 들이지 않는 게 좋을 수도 있다.

이 외에 크리스마스를 상징하는 식물인 전나무와 포인세티아의 경우 잎과 꽃에 닿기만 해도 피부와 눈에 자극을 유발할 수 있고, 행여 꽃을 먹게 된다면 구토와 설사 등의 증상을 일으킬 수 있다. 또 다른 크리스마스 트리인 호랑가시나무 역시 고양이가 이파리나 열매를 먹었을 경우 심한 구토, 설사 등의 증상이 나타날 수 있다. 집의 분위기를 좋게 만들기 위해 들인 식물이 고양이에게는 치명적인 위험 요소가 될 수 있는 것이다.

참고로 나는 식물을 참 좋아한다. 체다, 올리를 만나기 전에는 집에서 여러 가지 식물을 키웠다. 토마토도 씨앗부터 시작해서 내 키만큼 키워 열매도 따먹고, 상추 등을 심고 뽑고 하는 것을 좋아했다. 하지만 고양이와 같이 살다 보니 꽃은 물론이고 키우고 있는 식물들도 조심해야 했다. 완전히 포기하진 못했고 위험하지 않은 식물들 위주로 들여 키우고 있다. 체다, 올리는 다행히 이파리가 얇고 긴 식물만 뜯어 먹으려고 해서 집에는 잎이 큰 식물들만 있다.

꼭 키우고 싶어서 들였던 야자나무는 체다와 올리가 너무너무 괴롭혀서 별 방법을 다 써봤지만(레몬이나 오렌지 놓아두기 등) 전혀 소용없었다. 극락조라는 식물은 엄청 열심히 키우는 데까지는 성공했지만 화분도 같이 커지니 체다가 그 화분 안에 들어가 신나게 모래 마사지를 했다. 온 흙을 다 파고 묻히고… 그뿐 아니라 한때 우리집에 같이 있었던 오즈는 극락조를 캣폴처럼 타고 올라가는 바람에 결국 가지 몇 대가 부러졌다. 물론 나야 그런 오즈가 귀여우니 용서가 되었지만 극락조는 매우 괴로웠을 것이다.

결론은 식물을 키우기 전에는 반드시 해당 식물이 고양이에게 해로운 것인지를 먼저 검색한 뒤 들이는 게 좋다는 것. 고양이에게 무해한 식물은 물론 들여도 좋다. 그 식물이 살아 있으리라는 보장은 할 수 없지만…. 하하.

## 고양이라서 당연하고 괜찮은 건 없어!

‘고양이는 외로움을 타지 않는다’는 말은 틀린 것 같다.
아니 틀린 말이다.

물론 아이들의 성향마다 다르겠지만
외로움을 타지 않는 것이 아니라 표현을 안 하는 걸 수도 있다.
체다와 올리, 그리고 임보 친구들을 만나면서
고양이들에게도 사회성이 꽤나 중요하다는 걸 알게 되었다.

내가 생각하는 고양이란 뭐든 스스로 잘하는 친구들이다.
한번 화장실을 알려주면, 그곳에다 용변을 보고
자율 급식을 하는 친구들도 식탐이 많은 친구가 아니라면
밥 또한 알아서 잘 나누어 먹는다.
강아지들처럼 산책을 나가지 않아도 되고
자기만의 사생활을 충분히 갖고 있는 친구들이다.
여기까지 읽으면 ‘어? 이 정도면 생각보다 고양이 키우기 쉽네?’
라고 생각하는 사람이 있을 수도 있다.

하지만 고양이라고 해서
그 모든 걸 당연하게 여기지는 말아야 한다.
고양이들은 스트레스에 꽤 취약하지만 티를 잘 안 낸다.
그렇기에, 그것이 차곡차곡 쌓여 한 방에 터질 수 있다.
그래서 이런 부분을 잘 모르는 집사들은
'애가 갑자기 아프다'라고 생각하기도 한다.

그러나 내 경험상 무엇이든 '갑자기'는 없었다.
뒤늦게 아픈 원인을 알게 되었을 때의 죄책감은
이루 말할 수가 없다.
고양이는 손이 많이 갈 뿐 아니라 애정도 꾸준히 줘야 한다.
이건 고양이뿐 아니라 다른 동물들도 마찬가지다.
한 생명을 내 손으로 돌보는 일은
무엇을 상상하든 그 이상이기에.

# 우리의 일상

우리의 일상은 아주 단조로운 편이다.
식사 시간만 철저한 편이고 나머지 시간은 자유롭게 보낸다.
놀이를 자주 하는 편도 아니다.
그러나 내가 체다 올리를 위해 한 가지 꼭 신경 쓰는 것이 있다면
바로 퇴근 시간.

늘 야근 없는 회사를 택했고 무조건 칼퇴근을 했다.
가끔 규칙 급식을 한다고 하면
회사를 안 다니는 줄 아는 분들이 종종 계셨다.
하지만 직장 생활은 꾸준히 해왔다는 거!

작년에는 받는 돈이 다소 적더라도
퇴근을 빨리 할 수 있는 곳에 들어가서 시간적인 여유가 많아졌다.
생각해 보면 나는 '워라밸'을 매우 갈망하고 있었던 것 같다.

체다, 올리와 처음 지냈던 시절엔
퇴근하면 애들과 지내는 시간은 겨우 4시간 정도가 다였다.
내가 좋아서 데려와 놓고 애들끼리만 두는 게 늘 미안했고
왠지 모를 죄책감도 들었다.
그 이후로는 무조건 아이들과 넉넉히 놀 수 있도록
정시 퇴근을 하는 직장만을 선택해왔다.

식사 시간 이외에 철저하게 관리하는 건 화장실 청소.
하루 두 번은 무조건 치워준다. 아침에 한 번, 퇴근 후에 한 번.
일명 '모래 갈이'라고 한 달에 한 번씩
모래 전체를 싹 갈아주는 날이 있는데,
보통 한 달도 되지 않아 버리는 일이 많다.
아이들이 먹는 양이나 활동에 따라 화장실을 많이 갈 수도 있고
그만큼 오염도 더 될 수 있어서
상황에 따라 지저분하다고 생각이 들면 바로 새 모래로 갈아준다.

퇴근하고 오면 옷을 갈아입기도 전에 아이들 밥 먼저 챙겨주고,
화장실을 치우고, 정리정돈을 마치면 그제야 내 일을 본다.

체다 올리는 밥을 먹으면 그루밍을 한 뒤 바깥을 구경한다.
가끔 둘이서 신나게 우다다를 하며 거실을 뛰어다니기도 한다.
그러다 배고프면 간식을 먹고 낮잠을 잔다.

인간에게는 그야말로 뒹굴뒹굴 천하태평 모드 같이 보이겠지만
이 둘은 나름대로 하루를 알차게 보내고 있다.

밥이나 간식을 달라고 요구하는 것 외에는
크게 요구하는 것도 없는 아이들.
그저 내가 같이 있어주는 것만으로도
체다, 올리는 안정감을 느끼는 것 같다.
나 역시 두 아이들과 아무것도 하지 않고
그저 같이 있기만 해도 행복하고 기분이 좋은 것처럼.

# 규칙 급식으로 챙기는 건강

체다, 올리는 제한 급식을 한다. 그런데 나는 제한 급식이라는 말 대신 '규칙 급식'이라고 부르고 싶다.
올리는 워낙 체구도 작고 입도 짧은 편이어서 살이 잘 안 찌는 체질이다. 그래서 늘 4.3~4.5kg을 유지하고 있다. 남자 성묘 치고는 정말 적게 나가는 편이다.

규칙 급식을 할 수밖에 없는 큰 이유가 하나 있다. 올리가 우리 집에 처음 왔을 때, 나는 한참 성장하는 아기인 올리를 마음껏 먹이고 싶었지만 체다가 올리의 밥을 다 빼앗아 먹는 것이 아닌가! 그렇다고 회사에 있는 시간만이라도 격리하자니 올리가 울고불고 난리를 피웠다. 어쩔 수 없이 출근 전에 밥을 주고, 퇴근 후 밥을 주는 규칙 급식을 하게 되었다.

물론 규칙 급식에는 적응 기간이 필요하다. 체다, 올리도 처음엔 밥 시간이 아닐 때 밥을 달라고 조르기도 했었다. 그럴 때마다 나는 낚시 놀이와 작은 간식을 주며 지금은 밥 시간이 아니라고 설명해주었다.

식탐이 많았던 체다에 비해 올리는 밥을 주면 바로 먹지 않고 한 입 먹고 뛰어놀다가 와서 또 한입 먹고를 무한 반복했다. 때문에 체다보다 올리를 적응시키는 게 훨씬 더 어려웠다.

고양이는 뚱뚱해도 귀엽긴 하지만 사람 비만과 마찬가지로 당뇨, 비만세포종 등의 질병에 노출될 위험이 크고, 특히나 수직 공간을 많이 사용하는 고양이들이니 관절에도 나쁜 영향을 받을 수 있다.

당시 체다의 몸무게는 6.8kg. 감량을 위해 정기 검진을 다니면서 체다의 목표 체중과 식사량에 대해 상담도 받고 주식캔으로 완전히 식사를 바꿨다. 식사량은 한번에 줄이진 않았고 5g~10g 정도만 천천히 줄였다. 건사료는 간식으로 주기로 했다.
운동을 따로 시키진 않았다. 비만인 상태에서 너무 과도한 운동은 관절에 좋지 않을 수 있어 식이조절에만 집중했다. 트릿Treat, 식품을 급속 동결 건조해서 영양분의 파괴가 없는 큐브 형태로 만든 간식 같은 경우는 하루에 10알 미만으로 줬다. 그렇게 조금씩 조금씩 체다의 살이 빠지기 시작하더니 2년 정도 안 되어 5.3~5.5kg가 되었고, 잘록해진 허리가 눈에 보였다. 건사료를 먹을 시절엔 뒤돌아서면 배고프다고 야옹야옹거렸는데 습식으로 바꾸니 배가 확실히 든든했던 것 같다.

물을 잘 먹지 않는 고양이들이라 주식캔에 물을 흥건하게 말아준 적도 있었는데 한두 번은 잘 먹었지만 아이들은 물은 조금만 자박하게 넣고 약간 따뜻하게 데워준 걸 가장 좋아했다. 지금도 여전히 밥의 용량을 재고 따뜻하게 데워서 주고 있다.

길고양이보다 집고양이들이 살이 더 잘 찔 수밖에 없는 이유는 길고양이에 비해 활동량도 적고, 먹고 자고 하는 게 일상이 되어 버렸기 때문이다. 그리고 나는 고양이 보호자 님들이 밥을 많이 주고 있다고 생각한다. 물론 건사료와 습식사료는 제공량이 달라지지만 반려묘의 체중에 맞게 조절해주는 게 가장 좋은 것 같다. 다이어트 사료도 많이 먹으면 살이 찔 수밖에 없다.

고양이의 다이어트를 시작할 때는 기간을 정해두고 하지 않는 것이 포인트! 양을 줄이는 것도 아주 조금씩, 천천히 목표량을 정해서 줄여가는 것이 좋다. 고양이가 눈치 못챌 정도로. 체다는 본인 몸이 가벼워지니 살이 쪘을 때에 비해 활동량이 더 늘었다. 그래서인지 더욱 건강해진 느낌이 든다.

내가 원하는 것 한 가지를 이루려면 다른 한 가지를 포기해야 한다. 그래서 나는 주말의 달콤한 늦잠을 포기했다. 주말에도 평일과 같은 시간에 일어나 밥을 챙겨주고 있다. 이건 체다, 올리와의 약속이라 생각하기 때문이다. 지금도 계속 그러고 있고 앞으로도 이 약속은 쭈욱 지켜줄 것이다.

## 산책

체다는 산 고양이 출신이라 그런지 산책을 정말 좋아한다.
흙에서 뒹굴고 풀냄새를 맡고 바람을 느낀다.

그러나 사실 고양이의 산책은 매우 위험하다.
일단 고양이의 경우 영역 동물이라 산책이 필수인 동물이 아니다.
또한 다른 동물에 비해 예민하기 때문에
자신의 영역을 벗어나면 매우 스트레스를 받는다.
산책로에는 고양이에게 유해한
바이러스가 있을지도 모르고,
내가 예측하지 못한 돌발 상황이 생길 수도 있다.
나는 그것을 인지하고 있었지만
체다는 집고양이가 아닌 '산 고양이 출신'이라는
특이한 이력을 가지고 있기도 하고,
한동안은 체다가 꼬리를 살랑살랑거리며
흙을 밟고 걷는 모습이 행복해 보여 욕심을 버릴 수가 없었다.

우리의 산책 시간은 1시간 정도였는데
아파트 뒤편에 사람이 오지 않는 작은 풀숲이 있다.
봄과 여름이 되면 경비원 분들이 제초 작업을 해주셔서
관리가 잘 되어 있는 '체다의 정원'이었다.
1주일에 한 번 토요일 아침 7시가 우리의 산책 시간.

만족스러운 산책이 끝나고 나면
체다는 스스로 이동장 안으로 들어갔다.

체다와의 이런 교감이 너무 좋아 SNS에도 올렸는데
워낙 많은 사람들이 보는 공간이다 보니
산책의 위험성에 대해 쓴소리를 들었던 적이 있다.
그때의 나는 체다가 좋아하니까 체다를 위한 일이라 생각했다.
하지만 한번 나가니 체다는 계속 나가자며 울어댔고
그때마다 나는 종종 혼란에 빠졌다.

그런데 체다의 산책 영상이 게시된 뒤
자신의 고양이도 산책시켜봐야겠다는 댓글이 달렸다.
나는 산책이 고양이에게 매우 위험한 일이라고 알려드렸지만,
곰곰 생각해보니 나는 되고 남은 안 된다는 생각을
갖고 있었던 건 아닐까 싶다.
내가 하는 건 정당한 이유가 있다는,
그런 이기적인 합리화 말이다.

물론 지금은 산책을 더이상 하지 않는다.
하지만 햇볕이 따뜻하고 바람이 좋은 날이면
체다가 나오면 정말 좋아할 만한 날이겠구나 생각한다.
나의 최종 목표는 작은 마당이 있는 주택으로 이사를 가는 거다.
체다가 할아버지가 되기 전까지는 그 꿈을 꼭 이루고 싶다.

# 캣폴과 캣타워

가장 고민을 많이 하고 구매했던 고양이 용품 중 하나는
바로 캣폴Cat Pole, 바닥에서 천장까지의 높은 일자 기둥에 계단식 받침대, 그리고 해먹 등이 설치되어 있는 것이 특징이다 과 캣타워다.
이유는 가격도 있지만 아이들이 잘 사용하지 않을까봐서였다.

하지만 이런 우려와는 전혀 반대로 체다, 올리는
캣폴을 너무나 좋아해주었다.
올리는 폴(기둥)을 잡고 나무타기하듯 올라가기도,
체다는 폴 스텝을 이용해 한 칸 한 칸씩 이동하기도 했다.
또 해먹도 곧잘 사용했다.

이럴 줄 알았다면 진작 사줄걸!
역시 고양이들은 높은 곳을 좋아하는
본능을 지닌 동물이었던 것이다.

체다 운동하라고 스텝을 두 개만 두고
맨 위에는 해먹을 두었는데
썩 운동이 되는 것 같아 보이진 않았다.
주로 스크래치를 할 때 캣폴을 사용하긴 했지만
바닥에 두고 하는 것보다
서서 스크래치 하는 걸 더 좋아하는 것 같았다.
그래서인지 아직 한 번도 벽지를 뜯거나 한 적은 없다.

캣폴의 장점은 공간을 많이 차지하지 않고
보기에도 예뻐서 인테리어용으로도 좋다는 것.
하지만 누워서 편하게 쉴 수 있는 공간은 아니다.
그래서 최근 캣타워를 하나 더 들이게 되었다.
높이는 폴보다 낮지만 넓은 발판 덕분에 흔들리지 않고
체다도 몸을 쭉 누일 수 있어서 그런지 좋아했다.
그리고 최대 장점은 어디든지 쉽게 이동시킬 수 있다는 것!

## 싫은 건 안 해도 돼

고양이를 케어할 때 어려운 일이 종종 발생한다.
내가 가장 어려움을 느끼는 일은 바로 목욕이다.

체다가 처음 왔을 때 발톱 깎기나 양치를 할 때는
너무 얌전해서 목욕도 잘할 줄 알았는데
역시 고양이는 고양이였다.
엄청나게 큰 목소리로 울고불고하더니
천정까지 높게 점프해 수건걸이에 매달리는 등…
난리도 아니었다.
내 등에도 매달리는 바람에 인간 스크래처가 되었던 기억이 난다.

올리도 내 기억으론 씻긴 횟수는 거의 없는 것 같다.
올리는 목욕보다 물놀이를 좋아하는 편이다.

사실 고양이는 매일매일 그루밍을 해서
씻기지 않아도 냄새가 나지 않는다.

이 점이 가장 신기하다.
빗질을 따로 해주지 않는데도 늘 고운 털을 유지한다.
특히나 올리의 털은 정말 부드럽다.
사람도 타고난 머릿결이 각각 다르듯 고양이도 그런 것일까?

하지만 약 먹이기 같이 꼭 해야 할 일은 신속하게 빨리 끝낸다.
이것도 결코 쉽지 않다.
한번은 아기 올리에게 약을 먹일 일이 있었는데
담요에 올리를 감싸서 돌돌 마는 것도 실패했고
의사 선생님조차 고개를 저을 정도로 난리를 쳤던 적이 있었다.
얼굴이 작은 아이라 내 손가락조차 잘 들어가지 않아
꽤나 고생했던 기억이 난다.
필건Pill Gun, 알약 투약기이라는 아이템을 발견하기 전까지는
올리에게 약 먹이기란 내게 너무나 어려운 관문이었다.

약 먹이기 같이 고양이의 건강과 직결되는 일을 제외하고는
고양이가 싫어하는 일은 되도록 하지 않으려고 한다.
나와 지내는 동안에는 스트레스 받는 일보단
즐거운 기억을 더 많이 만들어주고 싶다.

## '또까또까' 타임

체다, 올리의 발톱 깎는 일을 우리는 일명 '또까또까'라고 부른다.
발톱 깎는 모습을 인스타그램에 올릴 때마다
#이집잘해 #절레살롱 등 태그를 붙여둔다.

체다는 워낙 순둥이라 처음부터 발톱 깎기가 수월했다.
올리는 안겨 있는 것부터 많은 연습이 필요했다.
하루아침에 이뤄진 건 아니다.
자주 발을 만지고 발톱을 보는 등 꾸준히 스킨십을 했다.
아기 올리였을 땐 발톱이 너무 작고 말랑거려서
잘라주기가 겁이 났지만 우리도 올리도 점점 적응을 해나갔다.
그래서 지금은 정말 아무렇지도 않게
네일샵에 케어받으러 온 아이들처럼 발톱을 잘 자른다.

특별한 방법은 없다.
너무 싫어한다면 갈고리처럼 휜 끝부분만 살짝 잘라준다.
스크래처를 해도, 카펫 재질의 스크래처는

발톱이 걸리기 십상이다.
간식을 주면서 해보는 것도 하나의 방법이다.
하기 싫은 것을 하면 맛있는 게 온다는 걸 인식시켜주고
'내가 조금만 참으면 간식을 주는구나!' 하고
느낄 수 있도록 말이다.

고양이들은 영특해서 반복하다 보면 금방 적응할 것이다.
대신 팔다리를 너무 꽉 잡거나 목덜미를 잡지는 않도록 한다.

늘 좋은 기억을 심어주는 게 핵심 포인트.
그리고 마무리는 항상 맛있는 간식이다.

## 양치

늘 머릿속으론 '매일매일 해줘야지' 하고 생각하지만 제일 게으름을 피우게 되는 일이 바로 양치인 것 같다. 체다랑 올리는 양치질을 그리 싫어하진 않는데 정작 나는 왜 게으름을 피우는지 모르겠다.

칫솔은 정말 여러 가지를 사용해봤던 것 같다. 손가락에 끼우는 것부터 시작해서 미니 칫솔도 있었고, 유아용 칫솔, 원형으로 된 모양에 솔이 360도로 달린 칫솔도 써보았다.

어설픈 초보 집사 시절엔 그저 빡빡 닦이는 것이 좋은 것인줄 알았다. 하지만 최대한 부드러운 솔로 살살, 위에서 아래로 닦이는 것이 가장 좋다고 한다. 고양이는 사람보다 에나멜(치아) 두께가 얇아 손상될 수도 있기 때문이다. 양치 적응시키기가 가장 중요한데, 체다의 경우 입 주변을 만지는 것부터 시작했다. 그러면서 송곳니도 살짝 터치해보고 체다의 반응을 지켜봤다. 다행히 체다는 잘 안겨 있는 편이라 무릎 위에 눕히는 것이 수월했다. 칫솔과 치약을 들면 부리나케 도망가기 바빴지만 잡히면 또 크게 발버둥치진 않았다. 다만 체다는 '이'를 해야 하는데 자꾸 '아'를 한다는 예상치 못한 난관이 있었다는 후문이. 하하.

올리는 이갈이가 끝나고 양치질을 도전해봤는데 무릎 위에 눕히는 게 가장 어려웠다. 몸을 자꾸 꽈배기처럼 돌리면서 도망가기 바빴기 때문이다. 체다는 얼굴도 크고(?) 입도 커서 치아가 잘 보였다면, 올리는 입이 작아서 정말 열심히 들여다봐야 했다. 하지만 점점 양치를 반복하면서 올리도 체다처럼 의젓하게 양치질을 잘하게 되었다.

치약의 경우 처음엔 닭고기 맛을 사용했는데 체다랑 올리는 그다지 좋아하지 않았다. 이건 고양이들마다 다 다르니 여러 맛을 사서 시험해보는 것이 좋다.

만약 양치질이 정말 어렵다면 손가락에 치약을 묻혀 마사지해주듯이 닦아주는 것도 효과가 있다. 고양이가 아기 때부터 칫솔과 친구처럼 친숙해질 수 있게 칫솔로 놀아주거나 하면 도움이 많이 될 것 같다.

## 임보 친구들의 선생님, 체다와 올리

그동안 몇몇 고양이 친구들을 임보하고 입양을 보내면서
체다와 올리의 신비하고도 대단한 모습을 많이 발견했다.

올리는 다른 고양이들을 대할 때 별 경계심 없이 쉽게 친해지고
워낙 고양이를 좋아하는 성격이지만,
체다는 마음을 여는 데 조금 시간이 걸린다.
그러다 서서히 친해지게 되면 마치 군기반장처럼
질서를 잡는데, 그걸 어기는 고양이들은 혼쭐이 난다.
그래도 체다는 혼낼 땐 혼내고 놀아줄 땐 놀아주는
마음 따뜻한 군기반장이다.

올리도 임보 친구들 앞에서는 의젓한 선생님 노릇을 한다.
한번은 당시 임보하던 오즈가 갓난쟁이일 때
화장실을 사용하고 모래를 덮는 방법을 모르니까
올리가 그 모습을 지켜보더니
오즈의 응가를 모래로 덮어주는 게 아닌가!

그 모습을 목격한 나는 깜짝 놀랐다.
올리는 자기 응가도 발끝으로 덮는 깔끔한 아인데
다른 고양이의 응가를 치워주다니!
그때 '우리 올리가 다 컸구나!' 하며 혼자 뿌듯해한 기억이 난다.
올리의 화장실 교육 이후
오즈는 스스로 모래를 덮을 수 있게 되었다.

그러니 나는 임보 온 친구들에게 기본적인 것만 제공해주었고
교육은 모두 체다, 올리가 시킨 거나 마찬가지인 셈이다.

고양이는 독립적이고 혼자 있는 것을 좋아한다고들 하지만
체다와 올리, 그리고 임보 친구들을 보며
고양이들도 사람처럼 서로 간의 관계를 중요시하고
성격 또한 다 다르다는 걸 알게 된 계기였다.

# 새로운 보금자리

아이들과 첫 이사를 하게 되었다.
다행히 먼저 살았던 집과 아주 가까운 곳으로 가게 되었다.
이삿짐센터에서 오기 전에 미리 체다, 올리를 데리고
이사 갈 집 작은방으로 먼저 이동시켰다.
새로운 공간에 체다의 눈은 동그래졌고
바깥에서 나는 낯선 소리에 어쩔 줄 몰라했지만,
다행히 그날 인테리어 실장님이 아이들을 봐주셨다.

호기심 많은 올리는 모든 게 그저 신기했던 것 같다.
기존의 가구나 침구들이 바뀌지 않아서 그랬던 것인지
우리가 걱정했던 것보다 아이들은 적응을 잘해주었다.

갑자기 환경이 바뀌어 스트레스 받으면 어쩌나 가슴 졸였는데
그제야 마음이 놓였다.
아이들의 성격적인 부분도 있고
아직 어려서 그럴 수도 있을 것이다.

웬만하면 이사를 가지 않으려고
조금 무리해서라도 집을 사는 게 좋겠다고 생각했다.
당시 상황이 이래저래 집을 살 수밖에 없기도 했다.

이삿짐 아저씨들이 가시고 나서야 작은방 문을 열어
아이들에게 화장실 있는 곳부터 보여줬다.
고양이들은 정말 신기한 것이
화장실 위치를 한 번만 알려줘도 귀신같이 기억한다는 것이다.
그제야 이곳저곳의 냄새를 맡으며 탐색을 시작한 아이들은
벽에 얼굴을 비비며 냄새를 묻히는 것도 잊지 않았다.

짐 정리를 한다고 새벽까지 고생했지만 다행히 다들 꿀잠을 잤다.
아이들은 다음날 밥도 잘 먹었고 감자도 맛동산도 잘 만들었다.
만약 애들이 이 집에 통 적응을 못하고 스트레스 받았다면
절레 형과 나는 또 한동안 얼마나 고민했을까?
새로운 보금자리에 잘 적응해준 체다, 올리에게 한없이 고맙다.

## 인테리어

이사 오고 나서 사용하지 않는 가구들을 모두 팔았다. 협탁이나 책꽂이 등 자주 쓰지 않는 큰 가구들은 필요 없을 것 같았다.

특히나 가장 골칫덩이는 바로 소파였다. 3인과 1인 세트로 되어 있는 소파였는데 너무 크고 공간도 많이 차지했다. 고양이와 같이 지내는 집이라면 소파의 상태는 예상 가능할 것이다. 고양이들에게 소파는 대형 스크래처나 마찬가지니까. 소파는 아주 저렴한 가격에 깨끗이 청소해서 고양이가 있는 다른 집으로 보내주었다. 거대한 소파를 거실에서 치우니 공간이 정말 넓어 보였다.

좌식 생활을 좋아하는 우리는 빈백Bean Bag을 두 개 들여 거실에서 뒹굴뒹굴거리는 것을 즐긴다. 체다, 올리는 그 빈백이 편한 물건인지 단번에 알아채고 각각 하나씩 차지를 해 우리는 거의 사용하지 못하지만.

우리집 바닥재는 전부 진한 그레이 컬러의 포세린 타일이다. 생각보다 미끄럽지 않고 발을 딛는 느낌이 어색하지도 않다. 겨울엔 춥지 않냐는 질문도 많이 받았는데 보일러를 틀면 온돌방처럼 아주 따뜻해진다. 체다랑 올리는 꼭 명당자리를 찾아내 거기서 등을 지진다. 타일 바닥은 나도 처음 사용해보는 거였지만 아직까진 큰 불편함을 느끼진 못했다. 그래도 굳이 단점을 말해보자면 시간이 오래되면 간혹 타일의 줄눈이 떨어져나간다. 가장 큰 장점은 물에 강하다는 것! 식물에 물을 주다 가끔 홍수를 내는데 예전에 강마루를 썼을 땐 나무가 삭아버렸지만 이 바닥재는 그렇지 않다.

아기자기하게 꾸미는 데는 재주가 없어 소품도 없고 세련된 패턴이 들어간 패브릭도 없다. 그나마 곳곳에 놓인 식물들이 우리 집을 빛내주는 것 같다. 그리고 물론, 인테리어의 완성은 체다와 올리다.

# 아이 엠 청소 머신

집이 항상 깨끗하다는 이야기를 참 많이 들었다.
그럴 때마다 나는 가구가 몇 개 없어서
그렇게 보이는 거라 말하는 편이다.
침구 같은 경우 60수 이상의 이불을 한번 써본 적이 있는데
털도 덜 묻고 부드러워서인지 체다, 올리도 좋아했다.

세탁은 주로 액체 세제와 베이킹소다를 사용하고
헹굼을 많이 한다.
그 외에는 무한 돌돌이와 무한 청소기 사용이 답이다.
청소기는 벽에도 붙는다는 힘이 좋은 청소기를 사용한다.
유선인 제품이라 처음엔 약간 불편했지만,
무선과 비교해보면 흡입력은 정말 좋았다.

우리집 바닥은 짙은 회색이라 털이 굉장히 잘 보이는 편이다.
청소기는 하루에 한 번씩은 꼭 돌려주는데
한번 할 때마다 구석구석 꼼꼼히 청소한다.

체다에게는 이상한(?) 버릇이 하나 있다.
한번은 내게 게으름병이 강림한 날, 청소를 미룬 적이 있었다.
그런데 체다가 작은 털 뭉치가 모여 있는 곳에 다가가더니
그 털을 낼름 먹어버리는 것이 아닌가!
그것도 모자라 바닥까지 싹싹 핥는 모습이
마치 나더러 얼른 청소하라고 말하는 것만 같았다.
그 뒤로도 몇 번이나 비슷한 상황을 목격했고,
나는 내가 해석한 신호가 맞다는 확신을 가지게 됐다.

체다, 올리의 털이 눈송이처럼 폴폴 날린 적은 아직 없지만
체다가 모래 마사지를 워낙 좋아하다 보니
털보다 모래가 더 많이 나뒹군다.
그래서 창문을 자주 열어 환기도 꼭 시켜주고
분무기를 사용해 먼지도 잡고 습도도 유지시킨다.
그래서인지 건조한 겨울철에도
체다와 올리의 털에는 정전기가 생기지 않았던 것 같다.

아이들의 화장실은 항상 오픈형을 사용하고 있다.
뚜껑으로 막힌 공간은 답답하지 않을까 하는 생각 때문에
사방이 막히지 않은 오픈형을 고집하게 되었다.
환기도 자주 하는 편이지만
모래도 최대한 먼지가 나지 않는 제품을 사용한다.
그래서인지는 몰라도 아이들은 지금까지
눈병 한번 나지 않았다. 참 다행한 일이다.

집의 환경을 깔끔하게 유지하게 된 건
확실히 아이들의 힘이 큰 것 같다.
이게 바로 게으름뱅이 집사도 청소 머신으로 만드는
고양이의 힘이다.

## 아이 대하듯

오버가 아닌가 싶기도 하지만 체다, 올리와 함께 살게 되면서 마치 아이 키우듯 조심하는 것들이 많아졌다. 가장 흔한 것은 이물질을 삼키는 일을 방지하기 위해 청소를 자주 하는 것. 그 외에도 일상적으로 노출되어 있는 머리끈이나 작은 악세서리 등 삼킬 만한 것들은 아이들이 보기 전에 없애거나 숨겨둔다. 낚싯대에 달려 있는 눈 모양 스티커는 놀기 전 미리 다 떼어버린다. 그리고 블라인드 줄도 항상 손이 닿지 않도록 칭칭 감아 높이 올려둔다. 한번은 올리가 그 줄을 가지고 놀다가 목에 걸린 적이 있어서 그 모습을 본 뒤로는 줄이란 줄은 철저하게 다 감아두고 있다.

어느 날 체다가 갑자기 밥을 먹지 않았던 적이 있다. 너무 이상했다. 밥돌이 체다가 밥을 안먹다니…. 구토나 설사 등은 없었지만 간식을 줘도 먹지 않는 모습에 당장 병원을 예약하고 진료를 받으러 갔다. 첫 번째로 간 병원에서는 큰 이상한 점은 발견하지 못했다. 식욕 촉진제를 맞고 집에 돌아왔지만 이후에도 밥을 아주 조금만 먹는 등 평소의 체다와는 달랐다. 차도가 없어 보여 다른 두 번째 병원으로 가 다시 검사를 받았다. 간 수치가 조금 높았다. 체다가 계속 밥을 먹지 않으니 입원을 시켜 상황을 보기로 했다.

그렇게 체다가 없는 집에 돌아오니 우리집이 아닌 것만 같았다. 체다에게도 병원보단 집이 낫지 않을까 싶어 우리는 다음날 다시 체다를 데려오기로 하고, 결정을 내린 직후 나는 고양이에게 문제가 될 만한 모든 것들을 하나씩 생각해보았다. 가장 흔한 섬유 유연제, 향수, 화장품, 캔들, 헤어스프레이, 세제 등이 떠올랐다. 그것들을 모두 치웠다.

체다를 데리고 오는 차 안에서 체다는 계속 나에게 야옹야옹거리며 자꾸 말을 걸었다. 내가 얼굴을 가까이 대니 체다는 내 코에 코뽀뽀를 해주었고 푸릉푸릉 소리를 내며 골골송을 들려주었다. 순간 너무 울컥해 체다를 꼭 안아줬던 기억이 난다. 그렇게 집에 온 뒤 체다는 다시 조금씩 밥을 먹기 시작했고 컨디션도 점점 좋아졌다.

나는 이제 가루 세제는 쓰지 않고 액체 세제만 쓴다. 그리고 세탁기의 헹굼 횟수 또한 최대치로 설정한다. 섬유 유연제는 쓰지 않는다. 그래서 우리집에는 향기 나는 것들은 일체 없다. 아이들 쓰는 모래도 무향이다. 한때 디퓨저나 캔들을 참 좋아했지만 체다, 올리를 위해 다 없앴다.

화장품이나 향수도 마찬가지다. 점점 화장을 안 하게 되기도 하고, 버리기도 다 버렸지만 스킨과 로션조차 아이들이 갈 수 없는 안방 화장실에 꽁꽁 숨겨두었다. 절레 형은 헤어스프레이를 매일 뿌렸는데 나의 설득 끝에 왁스로만 마무리를 짓게 되었다.

또 자주 쓰는 제품 중 하나는 바로 주방 세제다. 주방 세제는 유아 젖병에 써도 될 등급으로 쭉 사용하고 있다. 아이들 화장실을 청소하는 날은 락스 대신 베이킹소다와 구연산으로만 청소하는 등 웬만하면 천연세제만 사용하려고 한다. 한때 향기나는 섬유탈취제를 좋아했는데 그것 말고 반려동물용으로 나온 무독성 살균 소독제로 대신하고 있다. 탈취도 될 뿐더러 소독 기능도 있어 아주 유용하게 쓰고 있다.

이렇게 적고 나니 좀 유난인 것도 같지만, 조심해서 나쁠 것은 없다고 생각한다. 고양이는 인간보다 몸집도 작고 매일 그루밍을 하는 동물이니까.

그때 체다가 갑자기 밥과 간식을 먹지 않은 이유가 무엇인지는 여전히 잘 모르겠지만 빠른 대처가 상황이 악화되는 것을 막은 것 같다.

내 고양이를 가장 잘 아는 사람은 나 자신이니 고양이의 상태가 평소와 다르다거나 이상하다 싶으면 일단 병원에 데리고 가자. 그리고 평소에도 일상 속에서 아이 대하듯 세심히 관찰하고 케어해주는 것을 잊지 말자.

# 고양이 알람

고양이들은 시계를 볼 줄 모르는데
대체 어떻게 기가 막히게 시간을 알고
알람이 울리기 전에 나를 깨우는 걸까?
체다, 올리는 각자 날 깨우는 자신만의 방법이 있다.

먼저 체다 알람. 내 명치 위에 턱 올라와
허스키한 목소리로 야옹야옹 울며 항의한다.
그래도 안 일어나면 내 코에 박치기(!)를 한다.
일단 가슴팍 위에 올라오면,
그 묵직한 무게감 때문에 안 일어날 수가 없다.

올리 알람은 더욱 강력하다.
일단 야옹거리는 목소리는 체다와는 다르게 상냥하고 귀엽다.
그러나 그와 동시에 이불 밖으로 나온 내 다리와 발을
인정사정없이 물어뜯는다!
아하하… 그럴 때면 뭔가 포가 떠지는 것 같은 따끔함에

찌릿찌릿 몸부림을 치게 된다.
이불 속으로도 숨어봤지만 소용없다.
올리 알람은 이동식이라 이불 속으로 들어올 수 있었던 것이다!

중요한 점은 이 둘은 꼭 나만 깨운다는 거.
바로 옆에 절레 형이 자고 있는데도 불구하고
꼭 나한테만 알람을 울려댄다.
이유는 뭐… 딱히 말하지 않아도 아실 거라 생각한다. 흑흑.

한번은 올리가 한참 이른 새벽부터 나를 깨우는 것이 아닌가.
그때는 얼마나 배가 고프면 이 시간에 깨우겠나 싶어
밥을 주고 다시 잤는데, 그 다음날부터는
더 일찍 나를 깨우기 시작했다. 무려 새벽 4시에도!
알람 울리기 30분 전쯤이야 상관없지만
이런 상황이 계속되니 수면의 질이 급격히 떨어졌고,
나는 이 사태(?)를 해결하기로 마음먹었다.

우리집은 금묘 구역 없이 다 오픈되어 있는데,
올리가 다시 이른 새벽에 나를 깨운 날
딱 한 번, 안방 문을 닫아버린 적이 있었다.
그리고 알람이 울리고 나서 문을 열어주고 토닥토닥해주며
문을 닫은 이유를 잘 설명해줬다.
"올리야, 문 닫아서 미안해. 근데 올리가 밥을 일찍 먹어버리면
누나 퇴근하고 올 때까지 배고프잖아, 그치?"
영특한 올리는 이날 내 말을 알아들었음이 틀림없다.
신기하게도 그 뒤로 새벽에 깨우는 일은 더이상 없었기 때문에!

## 올리의 계절

올리의 입가에는 귀여운 비밀이 숨어 있다.
그것은 바로바로··· 올리 입가에 묻은 짜장 무늬.
나는 올리 덕분에 여름이 오고 겨울이 왔음을 알게 되는데,
그 이유는 올리의 입가에 묻은 짜장이
여름이 되면 진해지고 겨울이 되면 사라지기 때문!
그것도 매년 꾸준히 반복중이다.
체다는 여름이든 겨울이든 늘 같은데 왜 올리만 그런 걸까?

다른 고양이 친구들을 봐도
무늬가 사라졌다 생겼다 한 것을 아직 본 적이 없는데
대체 이유가 뭘까? 너무 궁금하고 귀엽다.
겨울옷, 여름옷 같은 개념인 걸까?
왜 입에 있는 무늬만 변하는 건지 알 수 없다.

개인적인 취향으론 입가에 짜장이 있을 때가 더 귀여운 것 같다.
약간 콧물 모양처럼 생기기도 했는데

짜장면에 입을 폭, 하고 담갔다가 뺀 모양이다.
예전엔 올리의 이런 변화를 잘 몰랐는데
어느 날 문득 사진을 보면서 알았다.
아기 때는 짜장 무늬가 없었던 것이다.
올리가 크면서 이런 무늬가 생길 줄이야…

지금 보면 그때의 모습은 뭐랄까, 약간 면도한 모습에 가깝달까?
나중에 올리를 담당하는 의사 선생님께 물어보려 한다.
'선생님, 왜 올리는 무늬가 생겼다 사라졌다 하는 걸까요?'

체다도 계절에 따라
치즈색이 진해졌다 희미해졌다 하는 것 같기는 한데,
유심히 보지 않으면 딱히 별 차이는 없다.
체다와 올리를 늘 바라보고 살피는 나만 아는 모습일 것이다.

# 38.6

고양이를 쓰다듬고 얼굴을 비비고 포옹하고…
그때 느껴지는 보드라움과 따스함은
느껴본 사람만 알 수 있는 촉감과 온기가 아닐까 싶다.
나는 체다 배에 자주 얼굴을 묻곤 하는데
그럴 때면 따스한 온기와 함께
콩닥콩닥 뛰는 작은 심장 소리와 숨소리,
그리고 고롱고롱 소리가 들려온다.

어쩌다 고양이와 살게 되었을까?
나는 아직도 우리집에 고양이가 있다는 게 신기하다.
이 친구들은 나를 보며 무슨 생각을 할까.
밥 잘 주는 친절한 큰 고양이라고 생각할까?

최근 체다가 아침에 날 깨우는 신기술을 터득한 것 같다.
보통은 귀에 대고 야옹야옹하거나, 코에 박치기를 했는데
코에 박치기를 하는 동시에 손으로 얼굴을 톡톡 건드린다.

이불을 뒤집어쓰면 이불 치우라고 벅벅 이불을 끌어당긴다.
어쩜 이리도 적극적인지!
늘 사람 같았던 체다인데 다시 고양이가 되고 있나 보다.
이왕 해달라는 거, 군말 없이 해주는 게 맘이 편하다.

나는 전날 저녁 9시에 잠들어 새벽 4시에 일어난다.
이 말을 듣는 주변 사람들 모두가 놀란다.

체다와 올리를 만나서 바뀐 게 참 많다.
처음에는 일찍 일어나는 게 피곤하기도 했지만
좀 더 부지런해진 지금이 이제는 좋다.
물론 가끔 너무 피곤해서 못 일어날 것 같은 날도 있지만
아침을 일찍 시작할 수 있어 좋고,
아이들과 같이 살 비비며 낮잠 자는 것도 참 좋다.

# 코숏, 그 무궁무진한 매력

고양이보다 강아지를 더 좋아했기 때문에
고양이와 함께 살 거란 생각을 해본 적이 없다.
그런데 '만약 고양이와 산다면 나는 왠지
검은 고양이와 살게 될 것 같아'라는 생각은 한 적이 있다.
이유는 초등학생 때 있었던 일 때문이다.

초등학교를 다니던 시절,
비가 억수같이 쏟아지던 어느 여름날이었다.
다세대 주택이었던 우리집은 현관문을 활짝 열어놓고 지냈는데
콰광! 천둥 번개가 치는 순간 갑자기
새카맣고 멋지게 생긴 고양이 한 마리가
우리집 안으로 불쑥 뛰어들어오는 것이 아닌가!
그때 '고양이'라는 동물을 난생 처음 보았다.

검은 고양이가 들어온 이후,
나는 그 아이와 다소 어색한 상태로 대치(?)했다.

내쫓기도 뭐한 것이, 이 낯선 침입자는
젖은 털을 열심히 그루밍하느라 나 따위는 안중에도 없었고
그루밍을 마치고는 제멋대로 여유롭게 쉬다가
비가 그치니 다시 태연히 일어나
현관 밖으로 유유히 걸어나가셨기 때문.
그 뻔뻔함과 여유로움에 말문이 턱 막혀버렸다.

흐린 날에도 반짝반짝 윤기가 흐르던 검은색 털, 긴 꼬리.
그리고 그 여유로운 태도!
그때 만난 검은 고양이의 강렬한 인상을 잊을 수 없다.

그런데 내 첫 고양이가 노란색 치즈 고양이일 줄이야!
사실 체다는 털색보다는 그 눈빛에
마음을 홀라당 빼앗겨버렸지만 말이다.
체다는 갑자기 불쑥 나타난 아이라 결정권이 없었지만
올리는 외모와 성격 등 이런저런 면모들을

여유롭게 관찰하며 결정할 수 있었다.

사실 나는 어떤 친구든 다 괜찮다고 생각했다.
소위 '코숏'이라 불리는 고양이들은
정말 다양한 무늬를 가졌구나 하는 생각 정도?
올리는 정확히 절레 형의 취향(?)을 저격한
그의 '로망묘'였지만.

체다, 올리가 많은 분들에게 사랑받으면서
치즈색 무늬와 고등어색 고양이가 같이 있으면
체다와 올리를 떠올리는 분들이 많아졌다.

'코리안 숏헤어', 줄여서 '코숏'이라 불리는 이 친구들을
나는 '한국 토종 고양이'라고 생각한다.
길고양이들만 그렇게 부르는 게 아니라,
결국 한국 땅에서 자리잡고 살아가는 친구들

모두를 가리키는 이름이니까.

코숏 친구들의 무늬는 얼마나 다양하고 개성 넘치는지
다 같은 것 같아도 자세히 보면 다르다.
코에 짜장을 묻힌 아이, 카레를 묻힌 아이,
삼색 고양이 같이 노란색과 흰색, 검정색이 뒤섞인
아름다운 무늬를 지닌 아이도 있다.
게다가 유독 주둥이 부분이 튀어나온 친구들,
즉 '뽕주둥이'의 매력을 가진 아이들까지…!
코숏의 매력은 밤새워 써도 모자랄 거다.

# 바깥 친구들

봄이 되면 우리집에 찾아오는 친구들이 있다.
그건 바로 물까치 친구들.
놀러오는 것인지, 체다 올리를 혼내주려고 오는 것인지
아직 긴가민가하지만 아무튼 매년 오고 있다.
목소리가 굉장히 큰 이 친구들은
깍깍 울어대며 맞은편 건물에 앉아 우리를 지켜본다.

체다, 올리도 채터링을 하며 물까치들에게 뭐라뭐라 말을 하는데
그 모습이 너무 웃기고 귀엽다.
물까치들도 본능적으로 고양이인 것을 아는 것인지
어느 날은 베란다 창문까지 와서 창틀에 앉아 깍깍 말을 건다.
아이들이 다가가면 동그랗게 원을 그리며 날갯짓을 한다.
왠지 이건 위협하는 것 같다는 생각도 들었는데
그래도 계속 오는 걸 보면 같이 노는 것 같기도 하다.
체다와 올리의 유일한 날개 달린 친구들이 아닐까 싶다.

어느 날은 또 무당벌레가 집에 들어온 적이 있었다.
호기심쟁이 올리는 보자마자 신이 났다.
마침 무당벌레가 바닥에 내려앉았고
나는 올리가 귀여운 '무당이'를 잡을 줄 알고 숨죽이며 있는데
갑자기 너무도 사랑스러운 광경이 펼쳐졌다.
올리가 무당벌레에게 코뽀뽀를 하며
눈을 찡긋찡긋하는 것이다!
무당이는 누가 자길 건드리니 멈춰서서 가만히 있었는데
올리는 계속 코로 톡톡 무당이에게 인사를 했다.
그러곤 계속 움직이지 않자 올리는 자리를 떴다.
나는 무당이를 보내주기 위해 종이 위에 잘 올려서
밖으로 날려보내주었다.

코뽀뽀로 인사하는 고양이라니…!
애들이 어쩜 이리 순수할까? 엉엉.

# 털 친구들의 여름과 겨울나기

**• 여름 편 •**

우리집 바닥은 타일로 되어 있어 비교적 시원한 편인데 그래도 햇볕을 많이 받으면 금세 뜨거워진다. 그래서 매일 날씨 확인을 하며 에어컨을 틀어주고 출근하는 편이다. 보통 제습 모드로 해두면 집안 온도는 떨어지고, 눅눅한 장마철에도 아주 유용하게 쓰인다. 또한 냉방 모드보다 전기세 절감에도 도움이 된다. 안방이나 작은방 쪽은 에어컨이 닿지 않으니 서큘레이터와 선풍기로 대신한다. 아직까지 덥다고 체다와 올리의 털을 밀어준 적은 없다. 털이 길면 또 모르겠지만 아이들은 단모종이니 에어컨이면 충분하다고 생각한다. 무엇보다 아이들의 예쁜 털들을 밀고 싶지 않은 마음이 제일 커서다.

**• 겨울 편 •**

겨울에는 여름보다 조금 더 신경을 써줘야 한다. 체다는 치악산에서 왔지만 추위를 많이 타는데 대체 그 추운 곳에서 어떻게 살았을까, 매 겨울마다 그 생각을 한다. 나도 추운 걸 좋아하지 않아 보일러를 늘 틀어놓고 출근한다. 그리고 베란다 쪽이나 창문은 문풍지를 붙여 최대한 웃풍이 들어오지 않도록 막아준다.

거실에 코타츠こたつ, 나무로 만든 밥상에 이불이나 담요 등을 덮은 것를 하나 놓고 싶기도 했는데 워낙 호기심 많은 고양이들이라 혹시 모를 사고가 생길 수도 있어 포기했다. 대신 저전력 난로를 하나 사서 거실에 켜두었다. 타이머를 설정해두고 거실 테이블에 두꺼운 담요를 덮어두면 그 안에 들어가 잠을 잘 때도 있고 난로 앞에서 불을 쬐며 노곤노곤한 표정을 짓기도 한다. 다행히 우리집은 남향이라 낮에 햇볕이 들어오면 굉장히 따뜻해진다.

체다, 올리의 화장실이 있는 작은방 베란다는 겨울이 되면 매우 추워져서 그쪽에도 난로를 하나 뒀지만 화장실 때문에 항상 베란다 문을 열어놔야 하니 그쪽 방만 춥다. 너무 추운 날엔 작은방으로 화장실을 옮기기도 하는데 절레 형과 나는 극심한 비염 때문에 모래 먼지를 들이켜면 눈과 코가 말썽이 된다. 올겨울엔 또 다른 방법을 찾아 화장실 베란다를 좀 더 따뜻하게 해봐야겠다.

# 끝없는 공부

체다 올리와 지낸 5년 동안 아이들이 다닐 병원을 택하는 게
여러 난관 중 하나였던 것 같다.
개중에는 과잉진료를 하는 곳도 분명 존재하고,
그 외의 이런저런 이유로 대부분의 보호자들은
내 맘에 쏙 드는 병원 하나 찾기가 생각보다 쉽지 않을 것이다.

체다, 올리가 다니는 병원은 지인의 추천으로 가게 되었는데
의사 선생님은 보호자의 눈높이에 맞춘 자세한 설명과
충분한 소통을 해주셨고 그 점이 너무 좋았다.

궁금한 게 있으면 뭐든 여쭤보았는데,
선생님은 시간이 걸리더라도 꼭 직접 연락을 주셔서
이 검사는 왜 하는 것인지, 무슨 약을 처방해주시는 건지,
같은 약을 먹어도 어떤 방법으로 먹어야 효과가 좋은지
등을 하나하나 짚어주셨다.

선생님과 대화하기 위해 나도 열심히 공부하고 기록했다.
아이들이 아플 때 증상에 대한 상세한 기록만이
내가 열심히 할 수 있는 유일한 일이었기 때문이다.
그 기록은 간단하게 일지로 만들어 검진 갈 때 차트에 올려두었고
이 자료는 앞으로의 치료 방향을 잡는 데
많은 도움이 되었다.

아무것도 몰랐던 몇 년 전에는 질문을 참 많이 했다.
절레 형이 "수의사가 되려고 그래?"라고 말할 정도였다.
하지만 나는 모든 고양이에 대해 공부하고 있는 게 아니라
체다, 올리를 공부하고 있는 거다.
육아에 공부가 필요하듯,
나도 이 친구들과 건강하고 무탈하게 살려면
끝없는 공부를 해야 한다.
오래오래 함께 지내기 위해.

## 불편함마저 사랑해

나는 '키운다'라는 표현보단 '같이 산다'는 표현을 더 좋아한다.
(실제로 어느 순간부터 체다와 올리를 '키운다'는 느낌보단
그냥 함께 '산다'는 느낌이 든다.)
'분양'이란 단어보단 '입양'이란 단어가 더 좋다.
'주인'이란 단어보단 '보호자'라고 불리는 게 더 좋다.

아이들이 머물 곳을 제공하고 식사를 챙겨주고…
얼핏 보면 아이들에게 많은 것을 주는 것처럼 보이지만
체다, 올리와 지내면서 내가 얻은 게 더 많았다고 생각한다.

체다랑 올리를 만나기 이전의 나는
많이 뾰족한 사람이었던 것 같은데
이 친구들을 만나고부터는 동글동글 말랑말랑한 사람이 되었다.
체다, 올리를 만나기 전의 나를 떠올리면
그저 예민덩어리였던 것 같다.
물론 체다, 올리와 지내면서 늦잠도 못자고,

여행도 마음대로 못 가고, 집을 오래 비울 수 없는 등
고양이가 없었을 때에 비해선 자유롭진 않다.
그런데 그 작은 불편함마저 지금은 너무 좋다.
불편함이라고 표현하기도 좀 그렇지만 아무튼 이런 점들은
내가 체다와 올리를 만난 뒤 '당연한 것'이 되어버렸다.

체다와 올리에게 위로받고 치유받는 일이 점점 더 많아진다.
고양이들은 감정이 섬세한 만큼
교감하는 능력 또한 뛰어난 것 같다.
말하지 않아도 조건 없는 사랑을 주고 있음이 느껴진다.
물론 나의 경우 아이들에게 줘도줘도 한없이 부족한 것만 같다.
그래서 무언가를 주는 게 하나도 아깝지 않다.
제대로 냥덕후가 되어버린 전형적인 집사의 모습이다.

## 빛보다 빠른 고양이의 시간

체다는 6살이고 올리는 5살이다.
사람 나이로는 40살, 36살.
고양이는 인간보다 빠른 시간을 살고 있다.

사람의 1년은 이 친구들에겐 4~5년의 시간이다.
체다, 올리와 함께 살면서
하루하루가 지나가는 게 너무 아깝고 빠르게 느껴진다.
이 친구들과 항상 같이 붙어 있고 싶다. 같이 있을 때조차.

고양이의 수명이 15년~18년이라지만 그건 아무도 모르는 일.
어느 날 아침 예고 없이 나를 떠날 수도 있다.

그런 순간이 오면 차분히 잘 보내줘야지 하고
다짐한 적도 있지만 과연 가능할지 모르겠다.
영화가 새드 엔딩으로 끝난다는 걸 알고 있어도
막상 또 보면 너무나 슬픈 것처럼 말이다.

우리 부부가 나중에 할머니, 할아버지가 되고
언젠가 세상을 떠날 때, 체다와 올리의 유골함을
우리가 잠든 곳에 함께 묻자는 계획을
절레 형과 이야기한 적이 있다.
그래야 별나라에 있는 체다와 올리를 만날 수 있을 테니까.
체다, 올리에게 유일하게 한 약속은 단 하나.
너희는 우리의 첫 고양이자 마지막 고양이고,
더 이상의 고양이는 없다는 것.

난 올리의 어린 시절을 생각하면 늘 아쉽다.
이렇게 시간이 빨리 가는 줄 알았다면 곁에 많이 있어줄 걸.
밥풀 만한 작은 송곳니가 조금씩 커지고, 유치가 빠지고
새 이빨이 자라나는 과정은 신비 그 자체였기에.

체다의 경우 거의 성묘가 된 무렵 만났기 때문에
이미 이갈이를 마친 상태였다.

올리는 이갈이하는 과정을 다 보았고
떨어진 유치를 열심히 모으기도 했다.
어느 날 통째로 잃어버렸지만. 흑흑.

고양이의 성장 중 가장 신비로웠던 건
바로 눈의 색 변화가 아니었나 싶다.
올리는 3개월 전까지 푸른색 눈을 하고 있다가
3개월 뒤부터는 노란빛, 혹은 금빛으로 바뀌기 시작했다.
정확히 기억이 나진 않지만
2살쯤 되니 녹색으로 변했다.

체다도 오렌지빛에서 연둣빛 눈으로 바뀌었다.
그 뒤로는 아직까지 눈 색의 변화는 없다.

보통 1살이 되면 성묘라고 하지만
고양이들마다 2살까지도 클 수 있다고 한다.

체다의 예전 사진을 비교해보면 허리가 조금 더 길어졌다.
사람으로 따지면 키가 좀 더 큰 거라고 보면 된다.

몸이 커지면서 무늬도 똑같이 커지는 것 또한
신비함 그 자체다.
고양이들은 나이가 들어도
겉으로는 거의 티가 나지 않는다는 점도.
멍멍이 친구들은 얼굴 털이 하얗게 변한다거나 하는데
고양이는 거의 같은 모습을 유지한다.

하지만 나는 알 수 있다.
체다를 바라볼 때면
표정과 눈빛에서 점점 나이가 든 게 느껴진다.
매일매일 보는 얼굴이지만 나는 안다.

# 우리만 있으면 돼

우리 부부는 처음부터 아이를 갖지 말자는 생각으로
결혼한 건 아니다. 그저 자연스레 지내다보니
체다, 올리와 지내는 지금의 생활이 너무 만족스러울 뿐!
지금으로도 충분히 행복하다.

직장에서는 사생활에 대한 이야기는 잘 안 하려고 하는데,
굳이 누가 물어보면 눈치껏 잘 얼버무려 왔다.
가족들의 경우
친정엄마는 워낙 내가 아니라고 하면
아닌 줄 아시기에 큰 터치는 없으셨다.
절레 형의 의지가 확고한 것도 한몫했다.
시아버지께서는 조금 서운해하시는 것도 같았지만
우리의 뜻을 부모님들이 대부분 많이 배려해주시고
이해해주셔서 너무 감사하다.

회사 생활을 하는 동안
고양이와 살고 있다고 먼저 말해본 적은 없다.
자연스럽게 알게 된다면 모르겠지만
개인 SNS 공유를 안 하기도 하고
언제부턴가 회사에선 철저히 일만 했던 것 같다.

아이들이 아플 경우, 반려동물이 아파서
조퇴하고 병원에 가야 한다고 말해야 하는 게
상당히 눈치가 보였기에
내가 아픈 날 그냥 한번 참고
체다, 올리가 급한 상황이 생겼을 때 썼다.

누군가 자녀 계획을 묻길래 아직은 없다고 대답하면
돌아오는 답변들이 그리 기분 좋은 말들은 아니었다.
우리가 뭔가 문제 있는 사람들인 걸까? 그건 아닐 거다.
하지만 체다와 올리가 나에게 주는 행복감을

굳이 고양이를 좋아하지 않는 사람에게
말할 필요는 없다고 생각한다.
체다와 올리를 만나고 나의 인간관계는 많이 바뀌었다.
이게 아이들의 영향인 것인지,
아니면 나이가 들어가며 변화된 것인지 잘 모르겠지만
점점 우리만 있으면 될 것 같다는 생각도 든다.

내가 사랑하는 존재들,
그리고 대가 없이 날 사랑해주는 존재들끼리만 말이다.

## 발소리만 나도

아이들은 내 발소리를 아는 것일까?
내가 엘리베이터에서만 내려도 올리의 "야옹" 소리가 들리고
현관문을 열면 문 앞까지 체다와 올리가 마중나와 있다.
마중나오는 건 체다가 외동이었을 때부터 했으니
올리도 형아 따라서 배운 것 같다.

체다식 '반가워' 인사는 대략 이렇다.
다리에 비비적하고 배를 보이며 바닥에서 뒹굴뒹굴 하다가,
마구 뛰어가 스크래처를 긁고
또 냉큼 화장실로 뛰어가 모래 마사지를 한다.
가끔 꼬리가 펑 하고 부푸는,
일명 '너구리 꼬리'가 되어 있기도 하다.

올리도 기쁨의 표현을 꼬리 부르르르, 그리고
스크래처를 긁는 행동으로 표시한다.
꼬리 부르르르는 올리 전용이다.

집에 들어왔을 때 누군가 나를 반겨준다는 것은
참 묘하고도 애틋한 일이다.

늦은 밤이나 새벽, 절레 형이 간혹 늦게 들어올 때면
체다와 올리는 자다가도 형을 맞이하러 나간다.
눈에 잠이 그득해 제대로 뜨지도 못하면서 말이다.
절레 형은 늦은 시간에도 자신을 반겨주는 모습이
귀엽고도 기특했다고 한다.
(참고로 나는 그때 딥 슬립 중이었다. 하하.)

가끔 마중나오지 않을 때도 있다.
마트를 다녀오거나 잠시 외출하고 오면
둘이 침대에서 눈을 꿈뻑꿈뻑하고 있다.
가만 생각해보니 이 녀석들,
배부르고 등 따스우니 일어나지 않는 것이로구나!

## 좁아지는 침대

체다, 올리는 늘 침대에서 같이 잔다.
위치는 주로 다리 옆이나 발밑에서 자는 편인데,
그래서 나는 새우잠이 일상화되어버렸다.
절레 형도 계속 성장(?)하는 중인지
어째 갈수록 침대가 계속 좁아지는 것 같다.

가끔은 체다랑 올리가 어깨 위나 얼굴 옆에서 자면
모두가 편하게 잘 것 같기도 한데 싶은 생각이 들기도 한다.
내가 자다가 아이들을 발로 차면 어쩌나 싶어
자다 깨다 했던 적이 종종 있기 때문이다.

대부분 절레 형보단 내가 먼저 잠드는데
그럴 땐 꼭 체다와 올리도 같이 쫓아와 침대에 자리를 잡는다.
그리고 나중에 절레 형이 자러 들어오면 자리가 없어
절레 형 혼자 침대 끄트머리에서 자거나 거실에서 잔 적도 있다.

그래서 모두의 수면의 질을 위해
최근 침대를 두 개 놓기로 결정했다.
저녁 늦게 침대를 뚝딱뚝딱 조립하고
금세 새 침대 적응을 마쳤다.
뭔가 캣타워가 두 개 생긴 기분이랄까?
말은 못하지만 분명 체다 올리도 그동안
침대가 좁다고 느꼈을 거다.

그렇게 안방은 침대로 꽉 들어찬 방이 되어버렸다.
원래도 잠만 자는 방이었지만
다른 물건은 둘 수 없을 정도로 꽉 찬 상태가 됐다.

참고로 침구는 화이트 색상으로 구매했는데,
관리가 어려울 것 같지만 의외로 더 쉽다.
아마 애들 털이 밝아서 그런 걸 수도 있겠다.
어두운 침구도 사용해봤는데 경험상 금방 지저분해졌다.

체다, 올리의 신기한 모습 또 하나!

졸리면 무조건 안방으로 이동해 침대 위에서 잔다.

아직까지 침대에 소변이나 구토 등의 실수는 없었다.

아이들은 침구를 세탁한 날도 굉장히 좋아한다.

빨래 후의 보송보송하고 바삭바삭한 느낌이 좋은가 보다.

내가 좋으면 아이들도 좋아한다.

그리고 아이들이 좋아하면 나도 좋다.

## 지워지지 않는 발바닥

타투는 예전부터 꼭 해보고 싶었는데
이왕이면 의미 있는 문양이 좋을 것 같다고 늘 생각했다.
타투를 하기 전까지 절레 형과 상의하는 데도 오랜 시간이 걸렸고,
내가 하고 싶은 문양을 찾기까지도 꽤 시간이 걸렸다.

애타게 찾을 때는 좀처럼 생각이 나지 않더니
어느 날 번쩍 '그 모양'이 나를 찾아왔다!

결국 나는 자그마한 사이즈로 체다, 올리의 발바닥 모양과
시그니처 이모지Emoji인 치즈 모양,
그리고 쿠키 모양을 새기기로 했다.
올리는 올리브의 올리긴 하지만 초코칩쿠키 이모지 모양과
올리의 몸 색깔이 가장 잘 어울려서 그걸로 결정했다.

위치를 결정하는 데도 오래 고민하다
양팔에 각각 새겨넣었다.

하늘이 쪼개진 것처럼 비가 억수같이 오는 어느 여름날,
타투샵이 있는 우사단길을 힘겹게 올라갔다.
뭔가 하나에 빠지면 꼭 해야 직성이 풀리는 성격이라
타투를 한다는 것 자체가 너무 기쁘고 좋은 나머지
다리가 아픈지 어쩐 지도 몰랐다.

나이가 들어갈수록 이 타투 모양은
점점 쭈글쭈글해지겠지만 그래도 좋다.

그렇게라도 내 두 팔에 체다, 올리를 새겨
영원히 함께 하고 싶은 마음이 더 크기에.

## 하루하루를 소중히

체다가 분명 동생이었는데 이젠 나보다 오빠가 되었다.
고양이의 수명 15년, 많아봤자 20년까지 살지만
체다와 눈 깜빡하는 사이 6년이 훌쩍 지나버렸다.

처음으로 고백하는 거지만
사실 나는 체다, 올리의 마지막 모습까지
미리 생각해본 적이 있다.
마음의 준비라고 해야 할까.
언젠가는 우리 헤어져야 할 때가 왔을 때
담담하게 잘 보내주고 싶다.

오지 않은 순간을 계속 걱정하고 생각하는 건 아니다.
다만 오늘을, 오늘 하루를 더 소중하고 더 충실하게 보내고 싶다.

여태까지 살아오면서 나는 늘
"지금이 아니면 안 돼, 오늘이 아니면 안 돼"라는 마음으로

당장 하고 싶은 것을 해야 직성이 풀렸다.
그게 때론 장점으로도, 단점으로도 작용했지만 말이다.

그동안 체다, 올리의 일이라면
나는 소매를 걷어붙이고
경주마처럼 힘껏 달렸다.
너무 앞만 보고 달리는 바람에 못 보고 지나친 것도 많았고
경기가 끝나면 몸 여기저기가 아프기도 했다.
결과가 좋지 않으면 하염없이 허무했다.
그만큼 늘 잘하고 싶은 욕심이 가득했다.

하지만 내 욕심이 점점 과해질수록
오히려 아이들에게는 좋지 않은 결과가 돌아갔다.
그 사실을 깨달은 이후, 약 2년 동안 나는
차근차근 욕심을 버리고 다시 시작했다.

그렇게 체다와 올리를 만나고 나서부터
나는 변하고, 성장하고, 깨닫는 중이다.

어제도, 오늘도 체다와 올리로 인해 하나씩 배워간다.

아이들 덕분에
내가 점점 좋은 사람이 되어가는 것 같아
그 사실에 늘 감사한다.

## 식이: 욕심은 금물

올리는 생식을 먹기 전에도 닭 베이스의 사료나 캔을 먹고도 별 다른 이상이 없었다. 트릿 종류는 가끔 귀지가 생기기도 했는데 닭에 대한 과민 반응은 한 번도 없었다. 지금 이 글을 적는 순간에도 그때 일을 떠올리면 마음 한구석이 짜르르 아파온다. 벌써 3년이나 되었는데 말이다.
올리는 생식을 먹기 싫어했다. 그런데 나는 오로지 내 욕심으로 먹게끔 했다. 생식을 먹이게 된 이유는 주식캔에 비해 신선하고 화학 물질, 방부제 등이 들어가 있지 않아서였고 조금 더 좋은 걸 주고픈 욕심 때문이었다. 고양이에 대해, 그리고 올리에 대해 너무 모르고 몰랐던 시절이었다. 올리는 분명 배가 고파서 먹었을 거다. 모든 고양이들에게 생식이 다 맞을 거라 생각한 바보 같은 생각이었다.

그러던 어느 날 올리가 구토를 하기 시작했다. 처음엔 급하게 먹어서 그런가 싶었지만 구토 횟수가 엄청나게 늘기 시작하고 설사도 하기 시작했다. 병원에 가 검사를 받았고, 장이 많이 부어 있어서 IBDInflammatory Bowel Disease, 염증성 장 질환. 면역계 질환의 하나로 정확한 원인이 알려져 있지 않다인 것 같다는 소견을 받았다. 탈수가 심해서

SDMA 검사Symmetric Dimethylarginine, 신부전 기능 검사도 진행했다. 그런데 겨우 2살인 올리의 SDMA 수치가 16(정상 범위는 14)이 나왔다. 의사 선생님은 '식이 역반응'이라는 진단을 내리며 식이를 변경해야 한다는 말과 함께 3개월마다 혈액 검사, 복부 초음파를 제안하셨다.

그때부터 나는 올리가 먹을 수 있는 음식에 대해 공부하기 시작했다. 다행히 올리는 스테로이드나 다른 약을 쓰지 않고 식이만 바꿨는데 장이 정상으로 돌아왔다. 식이를 바꾸니 구토도 설사도 없었다. 올리가 닭 알레르기라는 사실이 믿기지 않아서 진짜일까, 혹시 다른 원인 때문은 아닐까 하는 생각도 많이 했다. 하지만 닭을 먹지 않았을 때 올리의 몸 상태와 컨디션이 좋아진 것으로 충분히 증명이 되었기에 알레르기 검사도 따로 하지 않았다.

집고양이들은 보호자가 선택한 것밖에 먹지 못한다. 나는 한순간의 잘못된 선택으로 올리의 식이에 제한을 두고 아직까지도 검진을 다니고 있지만 다행히 좋은 상태를 계속 유지 중이다. 가끔 올리가 신부전인 줄 알고 물어보는 분이 계시는데 올리는 신부전은 아니다. 혈액검사의 수치는 유동적이지만 정기적인 초음파를 해봤을 때 신장의 변형이 없다. 보통 신부전의 판단은 혈액검사, SDMA 검사, 혈압, 복부 초음파, UPC 검사Urine protein to creatinine ratio, 소변 검사를 종합해서 판단한다. 단순히 피 검사만 하고 신부전이라고 단정지을 순 없다.

체다, 올리의 식이에 항상 고민이 많았고 가장 좋은 걸 먹이고 싶었다. 유명하고 값비싼 사료를 먹이며 의기양양했지만 그건 그냥 나의 만족과 욕심을 채우는 행동이라는 걸 알게 된 큰 사건이었다. 다 내 욕심 때문에 돌아온 결과인데 고생하는 건 내가 아닌 올리였기에 당시 매일 자책하며 혼자 울었던 기억이 난다. 그런 나를 올리는 원망하지 않았다. 그게 더 슬프고 미안했다.

이후 나는 고양이 카페에 떠돌아다니는 정보들을 머릿속에서 전부 지웠다. 그리고 내가 경험해보지 않은 일에 대해서는 말을 아끼게 되었다. 아무리 좋은 사례와 이론이 있더라도 어떤 고양이에겐 맞지 않을 수 있다. 한때는 단백질 함량이 높아야 좋은 사료라는 이야기가 집사들 사이에 퍼진 적도 있지만 내 경험으론 적당한 게 가장 좋았다. 또한 고양이의 나이대에 맞춰 조절이 필요하다는 것도 알게 되었다. 체다와 올리가 다르듯 모든 고양이 친구들은 다 다르다는 것.

당신의 고양이가 가장 좋아하는 걸 해주자. 그게 최고다. 이후 올리의 건강은 많이 회복되었다. 지금도 여전히 식이에 대한 고민이 많지만 올리가 맛있게 먹고 몸에만 잘 맞는다면 그것이 최선이고 다행이라 생각하고 있다.

## 안아주고, 만져주고, 이야기해주세요

스킨십은 참 좋은 것 같다.
스킨십의 대상이 사람이든, 동물이든 간에 말이다.
어떤 기사에서는 가족 등 친밀한 존재와의 스킨십은
우울증 · 불안감 등 정신질환 위험을 낮춘다고 말한다.

그만큼 스킨십에는 큰 힘이 있다.
사랑하는 이들과 안고만 있어도
그 온기가 느껴지면서 깊이 안정되는 기분이 든다.
내 모든 걸 이해해주고 감싸주는 그런 기분!

나의 단짝 절레 형과도 그런 든든한 온기를 나누던 시절이 있었다.
그런 우리도 결혼 5년 차가 되니
스킨십도 많이 줄고 포옹 한번 하기도 괜히 쑥스럽고….
그렇지만 어쩌다 한번씩 포옹을 하면
마음속까지 든든해지는 느낌을 받는다.
체다, 올리와의 포옹은 (아이들은 어떨지 모르겠지만)

당연히 그저 좋다. 힐링 그 자체!
오늘 받은 스트레스가 싹 다 날아가면서
"집이 최고다!"를 외치게 된다.

체다, 올리는 어쩜 이리 순둥이냐는 질문을 많이 받는데
내 경우에는 아이들을 안아주고, 만져주고,
말을 걸거나 들어준 것이
아이들의 정서에 좋은 영향을 준 것 같다.
물론 스킨십을 좋아하지 않는 친구들도 분명 있을 것이기에
이게 정답이라고 할 수는 없다.

고양이는 교감 능력이 매우 발달되어 있다고 한다.
사람과 똑같이 기쁘고 슬프고 우울한 감정을 모두 느끼는 것이다.
개도 물론 마찬가지겠지만 고양이는 좀 더 섬세한 듯하다.

체다는 스킨십을 정말 좋아한다.
부드러운 털을 쓰다듬고 있으면
나도 더불어 기분이 몽글몽글해진다.
그렇게 한참 체다의 배에 얼굴을 묻고
두근두근 들리는 심장 소리와 작은 숨소리를 듣고 있다 보면
체다는 꾹꾹이를 하고 싶다며 나보고 누우라는 신호를 보낸다.
절레 형이 체다를 만져서 기분이 좋은 상태라도
꾹꾹이는 꼭 나에게만 한다.

반면 올리의 경우 비비적대는 스킨십은 그다지 좋아하진 않지만
잘 때는 꼭 같이 자려고 한다.
내 다리나 팔에 몸을 붙여야 안심이 되나 보다.
최근엔 팔베개를 자주 해서
가끔 내가 잠에 취해 팔베개를 못 해주는 날엔
얼굴 옆에서 자고 있던 모습도 종종 보았다.

절레 형은 그럴 때마다
올리가 날 엄마로 생각하고 있는 것 같다고 했다.
그런 이야길 들을 때마다 나는 코끝이 찡해지면서
기분이 이상해진다.

나는 늘 내가 아이들을 안아준다고 생각했는데,
어쩌면 이 아이들이 나를 안아주고 있는 건지도 모른다.

언제나 내가 주는 사랑을 몇 배, 아니 무한대로
되돌려주는 체다와 올리다.

## 가끔은 집사들도 휴식이 필요해

'고양이 분리불안증'이 있는 나지만
가끔 집사들에게도 휴식이 필요하다.
1년 동안 열심히 고양이를 위해 온 신경을 쏟은
우리에게 내리는 나름의 상이랄까.
기회가 되면 한 번씩은 꼭 여행을 갔다.

체다, 올리를 처음 고양이 호텔에 맡기고
여행을 떠난 첫날은 하루종일 우울했다.
아이들이 날 찾진 않을까, 밤새 울면 어쩌나….
온갖 상상을 하며
체다, 올리가 머무는 방의 CCTV만 쳐다봤던 기억이 난다.
하지만 내 생각과 다르게 아이들은
호텔 사장님과 너무 잘 지내고 있었다!

그다음 해부터는 입양 보낸 오즈네에
아이들을 맡길 수 있게 되었다.

오즈네가 여행 가면 우리집에 맡기고,
우리가 여행 갈 땐 오즈네가 맡고.
그렇게 서로 품앗이를 하고 있다.

우리는 보통 여행 전날 체다 올리를 오즈네 맡기고
집으로 와서 여행 준비를 하는 편인데
텅 빈 집에 들어오면 기분이 참 오묘하다.
체다와 올리가 없는 집에서 잠을 자는 것도
너무 낯선 기분이 든다.
체다랑 올리랑 어디든 같이 다니고
여행도 갈 수 있다면 얼마나 좋을까.

나의 극심한 분리불안증 때문에
처음엔 여행을 가서도 제대로 집중을 못 했지만
애들이 잘 지내는 모습을 사진으로 받거나 영상을 보면
또 조금 안심이 되었다.

그래서 놀 땐 확실히 잘 놀고, 집에 돌아오면
또 체다, 올리에게 열심히 집중하기로 생각을 바꿨다.

그 외에 평소 집을 비우는 일은 아예 없다.
잠도 무조건 집에서 자고 애들 식사를 빠트리는 일도 없다.
그 노력이 가상해 체다, 올리가 1년에 딱 한 번!
아주 큰 상을 내려준 거라 생각한다. 하하.

참고로 체다에게 여행가기 며칠 전부터 잘 설명을 해주는데,
신기하게도 체다는 그런 내 말을 다 알아듣는다는 거!

# 고양이와 함께 산다는 것

나는 체다, 올리의 귀엽고 예쁜 모습을 찍어 SNS에 올리고 있고,
또 실제로 체다와 올리는 예쁘고 소중한 나의 고양이지만
사실 보여지는 모습이 다는 아니다.

고양이와 살고 있는 집사들이 가장 힘들어하는 것은
'털 날림'일 것이다.
털이 많이 빠지는 정도가 아니라 날리고, 굴러다닌다.
'털 뿜뿜'이라는 말은 그냥 웃자고 만들어낸 말이 아니다.
얼굴에든 밥상에든, 고양이 털은
시도 때도 없이 공중에 떠다니며,
하루만 청소를 안 해도
1주일 동안 청소를 안 한 것 같은 방이 되어버린다.

나는 고양이와 함께 사는 걸 생각해본 적도,
또 처음부터 준비된 집사도 아니었지만
털이 빠지는 것은 당연하다고 생각했다.

털이 있는 동물이니까.
소파를 긁는 것도 당연하다고 생각했다.
높은 곳에 올라가는 것도 당연하다고 생각했다.

이유는 단순하다.
고양이라면 기본적으로 가지고 있는 본능이니까.

청소를 매일매일 열심히 하지만
날리는 털과 굴러다니는 모래는 어찌할 수가 없다.
그런데 이 점이 딱히 불편하다고 느껴지지도 않았다.
고양이니까 당연하지, 인정해버리고
내가 조금만 더 부지런 떨면 해결되는 문제이기 때문이다.

퇴근해서 돌아오면 체다와 올리 식사를 먼저 챙겨주는데,
밥을 먹을 동안 오늘 뭐 했는지 물어보며 살피다가
아이들이 밥을 다 먹으면 그릇을 치워주고

바로 화장실 정리를 해준다.
그 후에는 옷을 갈아입고 청소기를 돌린다.

사실 퇴근하고 오면 2~3시간은
거의 집안 정리를 하며 시간을 보내는 것 같다.
누군가는 애를 키우는 것도 아닌데 집 가서 대체 뭐하냐,
왜 이렇게 하루도 빠짐 없이 칼퇴근을 하느냐 묻기도 한다.
그럴 때 나는 '회사보다 집에 가면 더 바쁘다'라고 대답한다.
실제로 그러니까. 회사에 있을 때보다 집에 가서 더 바쁘다.
(잠들기 전까지 자유란 없다!)

그 외에 아이들이 아파서 병원에 데리고 간다면
동물병원은 보험 적용이 되지 않기 때문에
주사 한 방만 맞아도, 검사 한 번만 받아도
통장의 돈이 숭덩숭덩 빠져나간다.
적어도 고양이와 함께 사는 동안

병원을 오갈 일이 아예 없지는 않다.
그러므로 이런 상황에 대비해 돈도 열심히 모아두어야 한다.

이런 부분들을 잘 알아보지 않은 채 그저
예쁘다고, 귀엽다고 덜컥 고양이를 데려오는 사람들은
자신의 말을 잘 안 듣는다고, 밤새 운다고, 피부병에 걸렸다고
버리거나 파양해버린다.
올리도 누군가가 박스에 버린 고양이였으니까.

올리와 함께 살게 되면서
"그놈 아주 잘 버렸네, 날 만났으니!" 하며 웃어넘겼지만
이 작은 친구들도 모든 걸 느끼고 생각하고 표현을 하는
존재라는 것을 잊지 말아주길,
그냥 있는 모습 그대로를 사랑해주기를.

SNS에는 참 귀엽고 예쁜 고양이들이 많다.
그렇게 단순히 아이들을 보고 예뻐하다가
'고양이와 함께 살고 싶다'는 마음으로 발전되는 것도
자연스러운 수순이다.

하지만 보이는 게 다가 아니다.
한 생명을 들이고 함께 산다는 것은
생각보다 많은 것을 감수해야 하는 일이니까.

## 행복할까? 행복하자!

체다, 올리에게 가장 묻고 싶은 게 있다면
그건 당연히 "우리랑 살아서 행복해?"다.
자신과 함께 사는 고양이가 행복하길 바라는 마음이야
모든 집사들의 바람이 아닐까?

물질적으로도 부족함 없게 해주고 싶어
사료와 캔, 간식 등을 이것저것 풍족하게 사주기도 한다.
아이들이 잘 먹어주지 않아도 서운함을 느끼진 않는다.
비록 새로 산 장난감보다 박스를 더 좋아해도 말이다. 허허.

고민은 여전히 현재진행형이다.
어떻게 해주면 체다, 올리가 행복해할까.
지금도 앞으로도 계속 고민하겠지만 여태까지 느낀 바로는
(온전히 나의 생각이지만) 체다와 올리는
내가 딱히 무얼 해주지 않아도, 그저 같이 있는 것만으로
좋아하는 것 같다는 거다.

체다는 얼굴을 가까이 대고
"체다, 체다"라고 소곤소곤 말해주면
금방 기분이 좋아져 푸릉푸릉, 골골골 소리를 낸다.

올리는 낚시 놀이를 해주는 걸 가장 신나 한다.
그리고 간식 먹을 때 우렁차게 골골송을 불러준다.
배를 조물조물 만져주면 데구루루 몸을 굴리며 좋아한다.

별일 없이 소소하게 흘러가는 매일매일의 일상이지만
나는 이 작은 것 하나하나, 한 장면 한 장면이 소중하다.
아침에 눈 뜨는 순간부터 잠들기 전까지
체다, 올리와 침대에서 뒹굴고 신나게 놀다
함께 잠드는 하루하루의 행복.

상대가 언제 행복한지 열심히 관찰하고, 행복하게 해주는 것.
행복해하는 모습을 보고 나도 함께 행복해지는 것.

내가 체다와 올리를 만나지 않았다면
가능하지 않은 일이었을 것 같다.
혹은 배우는 데 시간이 아주 오래 걸렸을 거다.

나는 아이들을 만나면서 그런 것들을 배웠다.
사랑이나 행복 같은 감정들에
더 세심히 귀기울이고, 그것을 주고받는 법.

웃음, 기쁨, 사랑, 행복….
함께 지내는 일상속에서 인생에서 가장 중요한 것들을
일깨워주고 가르쳐주는 체다와 올리 덕분에
'아이들이 행복할까?' 하는 의심보다는
'우리 지금처럼만 행복하자!'는 확신을 조금씩 가지게 된다.

# 체다와 올리에게 보내는 편지

체다, 올리 안녕! 나야.

이렇게 막상 편지를 쓰려고 하니

무슨 말부터 해야 할지 한참을 생각하게 되네.

우선 늘 든든한 체다.

항상 고마워.

올리한테 양보도 많이 해주고, 말썽 한번 안 부리고

임보 친구들이 와도 덤덤하게 잘 지내줘서 늘 고마웠어.

체다가 많이 참아준 거 알아.

그래서 늘 고맙고 미안해.

언제나 막내인 우리 올리도

체다 형아랑 잘 지내줘서 고마워.

올리한테도 참 미안한 게 많은데

더이상 욕심 안 부리고

올리 좋아하는 것만 잔뜩 하게 해줄게.

나중에, 아주 나중에 체다랑 올리가 할아버지쯤 되면

우리의 시간을 기록해

책을 만들고 싶다는 생각을 했던 적이 있었는데
이렇게 빨리 기회가 닿을 줄 몰랐어.
우리의 이야기를 책으로 남길 수 있다는 건
정말 멋진 일인 것 같아.

너희를 만나고 난 참 많이 변했어.
내 인생에서 결혼 외에 또 다른 새로운 삶,
멋진 나날을 살고 있다는 생각이 들어.
내 삶에서 체다와 올리를 만난 건 가장 멋지고 행복한 일일 거야.

나 스스로를 엄마라고 부르는 건
아직도 부족한 것 같다는 생각이 들어.
그만큼 나는 늘 너희들에게 무언가를 더 해주고 싶었고,
지금 하는 걸로는 부족하다고 생각했던 것 같아.
욕심이 참 많았지.

지금은 알게 됐어.
너희는 물질적인 것보다

누나, 형아와 그저 함께 있는 걸
더 좋아한다는 사실을….
딱히 뭘 하지 않아도 우린 같이만 있어도 참 좋으니까. 그치?

인간의 시간에 비해 너희의 시간이 너무 빠르게 흘러
가끔 두려울 때도 있어.
그래서 일어나지도 않은 일을 미리 걱정하곤 했지.

하지만 결심했어.
지금 이 순간에 함께 있어주기로.
빠르게 스쳐가는 매일의 순간순간을 놓치지 않고 집중하기로.
나의 첫 고양이이자 마지막 고양이가 될 체다, 올리.
다음 생에 사람으로 태어나면
꼭 누나, 형아 아들로 태어나서 같이 손잡고 시장 가자.

그때도 체다, 올리하자.
약속해.